suhrkamp taschenbuch 3495

»O Gott, erlöse uns.« *Das Buch Fritze*: Ein trauriger Schelmenroman, eine Passionsgeschichte in zwölf Stationen, ein moderner Entwicklungsroman, bei dessen Lektüre wir nicht wissen, ob wir lachen oder weinen sollen. Fritze ist ein Mensch, der sich in der Gesellschaft nicht mit einem bürgerlichen Beruf oder einer künstlerischen Karriere zu verwirklichen sucht, sondern sein Talent in einer Reihe von dubiosen Abenteuern an die Welt wegwirft. Denn er entwickelt lieber größenwahnsinnige Phantasien und Lebensentwürfe, die allesamt zum Scheitern verurteilt sind. Im Osten aufgewachsen, kommt er noch als Kind in die junge Bundesrepublik. Seine Abenteuer im Wirtschaftswunderland ergeben eine Geschichte mißglückter Anpassung, verfehlter Glücksansprüche und verqueren Widerstands. Egal, welche Rolle er spielt, ob er manierierter Schriftsteller ist, genialer Fußballer, abgefeimter Drogenhändler oder erfolgreicher Versicherungsagent, immer nimmt er das Maul zu voll, immer wird er überheblich, immer stimmt irgendwas nicht, immer geht etwas schief.
Das Buch Fritze, ein lebensphilosophischer Roman, der mit den Rätseln des Daseins genauso spielt wie mit der Wirklichkeit des schönen neuen Lebens, mit einem Wort: ein kleines Meisterwerk, witzig und melancholisch, traurig und komisch zugleich.
Friedmar Apel, geboren 1948, lehrt Literaturwissenschaft an der Universität Bielefeld und schreibt regelmäßig Buchkritiken für die FAZ. *Das Buch Fritze* ist sein erster Roman.

Friedmar Apel
Das Buch Fritze

Roman

Suhrkamp

Umschlagabbildung: Carsten Höller. 220 Volt, 1993
© VG Bild-Kunst, Bonn 2002

suhrkamp taschenbuch 3495
Originalausgabe
Erste Auflage 2003
© Suhrkamp Verlag Frankfurt am Main 2003
Suhrkamp Taschenbuch Verlag
Alle Rechte vorbehalten, insbesondere das
der Übersetzung, des öffentlichen Vortrags sowie der Übertragung
durch Rundfunk und Fernsehen, auch einzelner Teile.
Kein Teil des Werkes darf in irgendeiner Form
(durch Fotografie, Mikrofilm oder andere Verfahren)
ohne schriftliche Genehmigung des Verlages reproduziert
oder unter Verwendung elektronischer Systeme
verarbeitet, vervielfältigt oder verbreitet werden.
Druck: Ebner & Spiegel, Ulm
Printed in Germany
ISBN 3-518-39995-0

1 2 3 4 5 6 – 08 07 06 05 04 03

Das Buch Fritze

I. STATION

*Fritze kommt in den Westen,
und ihm wird schlecht*

An einem Sommerabend steht ein kleiner Junge am Tor eines Bauernhofes im Eichsfeld. Er trägt einen bunten Pullover, den hat die Oma aus Wollresten gestrickt, und eine beutelige Trainingshose, die ist noch vom Onkel Franz übriggeblieben. Sein dunkles Haar ist lang und lockig, es ist noch nie geschnitten worden. Das Tor ist offen, aber er überschreitet die Schwelle nicht. Er steht vorgebeugt und ruft einen Namen: Reiner. Immer wieder, aber niemand antwortet. Mein Herz wird traurig, wenn ich ihn da stehen sehe und rufen höre.

Da tritt die Oma aus dem Haus. Sie beobachtet den Knaben und schüttelt den Kopf mit dem Knoten aus grauem Haar und lacht und wischt sich die Hände trocken an der gestreiften Schürze und nimmt den Kleinen bei der Hand und sagt, du bist Karlchen. Das sagt sie immer, wenn er etwas Dummes tut. Wenn er etwas Lustiges macht, ist er dagegen Kasper. Sonst sagt sie Fritze zu ihm, er heißt Friedrich und noch Franz und Joseph, denn im Eichsfeld ist man sehr katholisch. Fritze wird einmal Pastor, sagt die Oma. Er hat schon ein kleines Meßbesteck mit einer Monstranz und einem silbernen Kelch, aus dem er den Erwachsenen bei der Kommunion nasse, kalte Brotbröckchen auf die Zunge legt.

Denn Du bist der Gott der Liebe und des Erbarmens. Du willst, daß alle Menschen selig werden. Du schenkst allen, die darum bitten, Deine Gnade, damit keiner auf ewig verlorengehe.

Reiner gab es gar nicht. Fritze war das einzige Kind in der Gegend, die jungen Leute waren aus dem Krieg nicht wiedergekommen, wie der Onkel Franz, oder vor Kummer gestorben, wie Tante Margarethe, oder in den Westen gegangen wie Tante Hildegard. Fritzes Eltern waren auch im Westen. Sie hatten Fritze bei den Großeltern abgegeben, er war unehelich geboren. Das gehörte sich nicht und kam auch nicht gelegen. Der Vater war im Krieg gewesen, mit siebzehn schon, und verwundet worden und war zurückgekommen als Leutnant, und die im Dorf hatten ihn bewundert. Er sah gut aus in seiner Uniform mit den entfernten Schulterstücken. An der Mütze konnte man den Offiziersrang noch erkennen. Die Mutter, eine dunkle Schönheit von höherem Stand, hatte ungewohnte Not gelitten im Krieg und war nun beim Theater. Der Vater spielte zum Tanz bei den Engländern, da hatten sie sich kennengelernt. Die Engländer gaben Zigaretten und Whisky, und das Leben sollte leicht sein und lustig. Das ging aber nicht lang, bald kam noch ein Kind und noch eins. Das Verhüten hatte der Papst verboten. Es mußte geheiratet werden, eine Dachwohnung mußte bezogen werden, und ein Hausmädchen mußte bezahlt werden, dabei fehlte es an allem. Denn die schöne Mutter wurde traurig und krank und trank und wollte einen Bauern nicht geheiratet haben. Die Kindlein waren ihr Last. Da mußte der Vater arbeiten und studieren und streben, daß er etwas Besseres würde, Bauingenieur. Dabei war er gar kein Bauer mehr. Im Familienstammbuch waren sechzehn Generationen Ackermänner aufgeführt, aber der Großvater war schon Lehrer geworden in der Dorfschule und Organist in der Kirche. Das Land war verpachtet worden, später kam es in die Landwirtschaftliche Produktionsgenossenschaft. Nur Enten, Hühner, Gänse, Schweine und Ziegen und Bienen waren noch da. Und ein Blumen- und Gemüsegarten, Beeren, Äpfel,

I. STATION

Birnen, Kirschen und sogar weiße Pfirsiche, Wein und Tabak. Das alles gab es damals im Eichsfeld.

Der Vater war fleißig im Westen, und es half auch Onkel Herbert, genannt Klamotten-Herbert. Der war vor dem Krieg als Abbruchunternehmer in Berlin schon ein reicher und feiner Mann gewesen mit schwarzem Anzug und weißem Schal und einem großen Hut und einem Kabriolet wie der Führer eins hatte. Nach dem Krieg machte er Gartenhäuser aus dem Holz, das in den zerstörten Häusern übriggeblieben war, und schien wieder ein reicher Mann mit weißem Schal und großem Hut. So gab es bald eine größere Wohnung und einen alten Opel und später ein Haus mit Car Port und einen neuen weißen Mercedes Benz. Die Mutter aber wurde nicht froh. Sie trank süßen Wein und Asbach-Cola und Bommi mit Pflaume und spielte abends am Klavier das Lied vom einsamen Soldaten am Wolgastrand, der von dem dort oben vergessen worden war. Oder von Heitschi-Bumm-Beitschi, dessen Mutter ausgange war und nimmer heimkam und also den Heitschi-Bumm-Beitschi allein ließ. Da sollte er lieber lange schlafen. Dann weinte die Mutter um ihre Mutter. Die war an gebrochenem Herzen gestorben, sagte sie.

Über allem in Deinem Leben stand die Liebe, die Du aufopfernd und selbstlos Deinem Manne und Deinen sieben Kindern zu jeder Zeit schenktest. In tiefer Verehrung der Gottesmutter weihtest Du Deine ganze Familie ihrem besonderen Schutz. Unvergeßlich bist Du allen, die Dich kannten, Deinem Manne, Deinen Kindern und allen Lieben wirst Du vom Himmel aus segnend ein großer Fürsprecher bei Gott sein.

Ihr Mann war hoher Offizier gewesen und Spieler, Aufschneider und Frauenheld. Er hatte Verbindungen zum

Widerstand gehabt, deshalb wurde er nach dem Krieg Polizeipräsident. Das war mit Champagner gefeiert worden. Auf der Heimfahrt wurde er von seinen neuen Untergebenen angehalten, die ihren Chef aber noch nicht kannten. Es kam zu Handgreiflichkeiten, und das Amt war dahin. Da mußte er Agent beim Geheimdienst werden und im Flüchtlingslager Friedland umherschleichen und Vertriebene und Spätheimkehrer ausfragen, wie unwürdig. Er hatte eine junge Frau geheiratet, eine Sekretärin vom Stern, und wollte von seiner traurigen Tochter nicht viel wissen. Manchmal schrieb er ihr, sie solle sich ein wenig zusammennehmen und dankbar sein für den braven Mann, sei er auch nicht ganz vom gewünschten Format. Und sich um ihre Kindlein kümmern, schmutzig seien sie gewesen beim letzten Besuch, und gefroren hätten sie in ihrem Ställchen. Fritze ist ihm später begegnet und hat sich gegraust vor der dröhnenden Stimme und dem Zigarrengeruch.

Der Eichsfelder Opa raucht auch Zigarren, die riechen gut. Fritze gefällt es bei den Großeltern. Früh, wenn die Hähne krähen und die Sternlein verschwinden, liegt Fritze noch in tiefem Schlaf. Er wacht schwer auf, und die Oma kommt mit dem nassen Waschlappen. Wenn sie Feuer gezündet hat und gegangen ist, die Tiere zu versorgen, sitzt Fritze auf dem Küchensofa und trinkt langsam aus seiner großen blau und rot und golden geflammten Tasse Malzkaffee mit rohem Ei und Zucker. Milch mag er nicht. Wenn Fritze schon wieder schläfrig wird, kommt der Opa und schärft sein Rasiermesser an dem Lederstreifen neben dem Spülstein, schäumt sich ein und rasiert sich, die Oma macht das Frühstück. Fritze wartet, daß sich der Opa schneidet. Den Deubel ock, sagt er dann, und die Oma sagt, Joseph, fluche nicht! Da lacht Fritze und ist wieder wach.

I. STATION

Wenn die Oma gegangen ist zum Plumpsklo auf dem Hof, betet der Opa am offenen Fenster. O allerseligste Jungfrau Maria, Du wunderbare Mutter, zu Dir nehme ich meine Zuflucht, da ich vom Herrn des Berufs eines Lehrers gewürdigt bin. Durch Deine mächtige Fürbitte möge es mir vergönnt sein, daß ich mit Gewissenhaftigkeit, mit Ausdauer und Treue alle Pflichten, welche ich als christlicher Lehrer habe, allimmerdar erfülle. Welch ein gottgefälliges heiliges Leben war es, das Du mit Jesus, Deinem göttlichen Sohne, in Gebet und gottgeweihter Arbeit und in guten Werken in der Hütte zu Nazareth führtest. O lasse es das Vorbild für mein Leben sein. Dann bin ich der göttliche Fritze, sagt Fritze. Du bist der göttliche Satansbraten, sagt der Opa, laß das nicht die Oma hören.

Dann läuten die Glocken, und der Opa nimmt ihn mit zur Messe. Da darf er auf der Orgelbank sitzen und Register ziehen. Bald kann er alle Gebete auswendig, auch die lateinischen, und die Kirchenlieder. Meerstern ich dich grüße. Später wird Meerschwein daraus. Mittags gibt es Hühnersuppe mit Nudeln und Eierstich. Der Opa betet ganz schnell, daß der Herr Jesus unser Gast sein soll und segnen, was er uns bescheret hat. Der kommt aber nie, das freut Fritze, er möchte viel von dem Eierstich. Der Opa dankt auch der lieben Berta, die hat uns die gute Suppe beschert. Das hat der Papst verboten, weil Hühner keine Seele haben. Berta hatte aber doch eine und auch Fritzes Ziege, die so heißt, weil sie am selben Tag zur Welt gekommen ist wie Fritze. Sie wurde nie geschlachtet, da wußten sie im Dorf erst, wie alt Ziegen werden.

Nach dem Essen soll Fritze ruhen, und dann will die Oma in den Wald springen, sagt sie, Kräuter holen in der Schürze. Da lacht Fritze, er hat im Reemtsma-Zigarettenbilderalbum ein Känguruh gesehen. Aber die Oma kann wirklich springen. Sie wird bei Regen nicht naß. Sie kann ihren Daumen abreißen und wieder anstecken. Sie heilt Wunden mit Zucker, Husten mit Kräutern, Fieber mit Kirschsaft, Blähungen mit Kümmeltee und Durchfall mit schwarzem Pulver. Vor allem aber kann sie Apfelstrudel backen.

Die Oma mag aber keine Tiere. Außer in der Suppe oder in der Bratröhre. Einmal ist die Entenmutter überfahren worden, und drei kleine Entlein sind Waisenkinder. Die müssen weg, sagt die Oma, das macht nur Schererei, und dann gehen sie doch ein. Fritze will das nicht. Der Opa und Fritze ziehen die Entenkinder mit der Flasche auf. Später wird eine alte Bratschüssel eingegraben, und Fritze holt Wasser mit seinem Sandeimer. Nun bringt Fritze den Enten das Schwimmen bei. Alle meine Entchen, singt Fritze, schwimmen in der Pfonne, Köpfchen in das Wasser, Schwänzchen in die Sonne. Die Oma sitzt auf der Bank vor dem Haus und lacht und sagt, du bist Karlchen.

Nachmittags sitzt Fritze mit Tante Else und Onkel Paul auf der Bank. Das sind Einquartierte aus Schlesien. Sie müssen ihre Lebensmittelkarte der Oma geben. Sie klagen über die verlorene Heimat und erzählen Fritze vom roten Mohn in unendlichen wiegenden Kornfeldern, vom Murmeln der Bäche, vom Tau auf den Blättern, vom Rauschen der Wälder, vom Schlagen der Nachtigall und dem Tirilieren der Lerche. Onkel Paul erzählt Fritze eine Geschichte vom Fuchs, der Eier stiehlt und sie ißt. Tante Else fragt Fritze, wo der Fuchs das Salz hergehabt hat, weil Eier ohne Salz nicht schmecken. Fritze sagt, der Fuchs soll die Eier gar nicht essen und auch nicht die Gans stehlen.

Dann geht Fritze in den Garten und pflückt Beeren. Schön war der Garten, wo ich Fritze noch stehen sehe, wägend, ob er schwarze Johannisbeeren essen soll oder rote. Er ißt immer nur eine Sorte. Dann geht Fritze zum Tor und ruft nach Reiner, ob der vielleicht ein paar Beeren abhaben möchte. Der will nicht, und Fritze setzt sich an die Mauer neben dem Tor. Die ist ganz warm, denn dahinter ist der Schweinestall. Es ist die Mauer, auf der die kleine Wanze auf der Lauer sitzt. Seht euch mal die Wanze an, wie die Wanze tanzen kann. Fritze darf nicht durch das Tor gehen, auch nicht, wenn es offen ist. Draußen laufen zu viele Mausefallskerle herum, sagt die Oma, das sind Männer mit schwarzen Haaren. Der Opa hat auch schwarze Haare.

Einmal muß Fritze ganz still sein. Der Opa stellt das Radio ein. Der Empfang ist schlecht. Es ist das Endspiel von der Weltmeisterschaft im Fußball. Tor, Tor, Tor, ruft der Opa, und Fritze ruft auch Tor, Tor, Tor. Ruhig, sagt der Opa, der Ungar greift noch einmal an. Aus, aus, aus, es ist aus, wir sind Weltmeister, mein Gott. Mit Onkel Paul lernt Fritze die Aufstellung auswendig. Die trägt er dem Opa vor: Turek, Posipal, Kohlmeyer, Eckel, Liebrich, Mai, Rahn, Morlock, Ottmar Walter, Fritze Walter, Schäfer. Ein Affenkunststück, sagt der Opa und lacht. Ich bin Weltmeister, mein Gott, sagt Fritze. Du bist Kasper, sagt die Oma und lacht jetzt auch. Sie versteht nichts von Fußball, sagt der Opa. Viel später war Fritze einmal beim Tischchenrücken. Da hatte sich die Oma gemeldet aus dem Himmel. Sie wußte alles, besonders, daß Fritze gerne Apfelstrudel ißt. Das hatte das Tischchen auch hingeschrieben. Nur wer deutscher Meister wird, das wußte die Oma nicht.

Abends schneidet der Opa eine große Scheibe graues Brot. Darauf kommt Schmand von Fritzes Ziege und

Mettwurst aus der Kälberblase, auch Feldgieker genannt. Der Opa schält eine große Zwiebel und ißt die Stücke von seinem Taschenmesser. Das ist gut für die Gesundheit, sagt er. Dann raucht er eine Zigarre und trinkt Tee mit Rumverschnitt. Das ist nicht gut für die Gesundheit, sagt die Oma. Deshalb darf er nur ein Löffelchen. Wenn die Oma am Herd steht, hält der Opa den Löffel über das Glas und gießt viel Rum darüber. Nur ein Löffelchen, ruft er dabei. Joseph! sagt dann die Oma, ohne sich umzudrehen. Dann wird vorgelesen. Die Geschichte vom kleinen Häwwelmann, der mit seinem Bettchen auf den Mondstrahlen durch den Himmel fährt und immer mehr will. Dann ist es schon spät, und Fritze kommt unter ein dickes Federbett mit einer Wärmflasche aus Messing. Die Oma hat ein Tuch darum gewickelt, damit sich Fritze nicht die Füße brennt. Der Opa spielt ihm auf der Geige und singt, Guten Abend, gute Nacht, mit Rosen bedacht, mit Näglein besteckt, schlupf unter die Deck. Morgen früh, wenn Gott will, wirst du wieder geweckt, morgen früh, wenn Gott will, wirst du wieder geweckt. Bevor Fritze einschläft, fühlt er, ob auch keine Nägel in der Decke sind.

An einem regnerischen Frühlingstag ist die Oma ernst. Sie packt Fritzes Lieblingssachen in eine Tasche und Äpfel in einen Sack. Dann muß sich Fritze setzen und genau zuhören. Er soll zum Frisör und dann in den Westen und dann in die Schule. Fritze will nicht zum Frisör, er war noch nie dort. In den Westen will er auch nicht, er weiß gar nicht, wie es da ist. Und ganz bestimmt nicht will er in die Schule, denn da war er schon und hat gesehen, wie die Kinder vom Opa mit dem Rohrstock auf die Finger kriegen, wenn sie nichts wissen. Fritze hat noch nie mit dem Rohrstock was gekriegt, nur einmal eine Ohrfeige. Da war ein Blechauto am Bindfaden ein Sturzkampfbomber. Der war der Oma an den Kopf geflogen, und die war umgefallen und hatte den ganzen Tag Kopfweh.

Der Onkel Franz war Flugzeugführer gewesen im Zerstörergeschwader. Bei Georgiewka, nordöstlich von Tuapse über Rußland, war er infolge Flakvolltreffers den Heldentod gestorben. Eine größere Liebe als diese hat niemand, daß er nämlich sein Leben hingibt für seine Freunde und sein Vaterland, hatte der Pastor gesagt. Jedes Jahr wurde in der Kirche für den Onkel Franz gebetet. Allmächtiger, barmherziger Gott, der Du in Deiner anbetungswürdigen Vorsehung uns den Augenblick des Todes bestimmt hast, wir bitten Dich vertrauensvoll und mit ergebenem Herzen: Siehe gnädig auf die Seele Deines Dieners Franz, nimm den in treuer Pflichterfüllung erlittenen Tod als vollgültige Buße an und führe sie zum ewigen Frieden. Dann sprachen alle im Chor, Mater dolorosa, Mutter der Liebe, der Schmerzen und der Barmherzigkeit, bitte für uns. Dafür kriegte man dreihundert Tage Ablaß jedesmal, hatte der Papst Pius X. gesagt. Der lebte aber damals auch nicht mehr.

Was mußte der Onkel Franz büßen, fragt Fritze die Oma. Seine Sünden, sagt die Oma. Was für Sünden, fragt Fritze. Jeder Mensch ist sündig, sagt die Oma, und Fritze auch, das kommt von Adam und Eva, die den Apfel gegessen haben vom Baum der Erkenntnis. Das hatte ihnen die Schlange gesagt, da war der Deubel drin. Das war im Paradiesgarten, der jetzt verschlossen ist. Der Erzengel steht vor dem Tor mit flammendem Schwert. Und hinten, fragt Fritze, hinten ist noch offen, man muß nur den Draht wegmachen. Der Paradiesgarten hat keine Hintertür, sagt die Oma, die Zeit läuft nach vorn und ist Schweiß und Mühsal, das erklärt sie ihm später, jetzt ist keine Zeit. Das Tor und die Mauer gibt es nicht mehr, den Garten nicht und nicht die Laube und das Plätzchen unter der Trauerweide an der Scheune neben der Regentonne, wo es kühl ist und nach Vergängnis riecht.

Fritze muß also zum Frisör und sieht sich im Spiegel und findet sich nicht. Das kommt von den Sünden, sagt er. Und er muß mit der Oma in den Wald, und die Ziege darf nicht mit, und er muß ganz still sein. Die Oma trägt die Tasche und den Sack mit den Äpfeln, und Fritze folgt, und ihm ist bang. Er hört die Schlange im Laub rascheln und die Äste knacken und das Käuzchen rufen, und er bleibt stehen, ob ihm nicht ein Engel hilft trotz der Sünde. Mein Herz wird traurig, wenn ich ihn da stehen sehe, kein Engel bei ihm, hinter sich den Garten mit den Beeren und den Löwenmäulchen.

An einer großen Schneise steht ein hölzernes Wachhaus und ein russischer Soldat davor. Er wachet für sein Vaterland. Die Oma will dem Posten die Äpfel geben, derweil soll Fritze mit der Tasche ganz schnell hinter dem Haus entlang auf die andere Seite laufen. Die Russen haben den Onkel Franz abgeschossen, flüstert Fritze. Die Oma kann noch nicht gehen, sie muß mit dem großen Schnupftuch ihre Tränen trocknen und sich leise schneuzen. Fritze soll nicht weinen, sagt sie, aber Fritze weint gar nicht, er schaut nur die Oma an. Dann geht sie und gibt dem Soldaten die Äpfel. Fritze rennt und stolpert über die Tasche und fällt in den Graben und steht auf und rennt und weiß nicht mehr wohin. Und fällt wieder und schrammt sich die Knie und bleibt sitzen und will nicht mehr. Dann ist Tante Hildegard da und ein fremder Mann. Fritze ist im Westen und kommt in ein Auto und hat eine Tüte mit Himbeerbonbons. Das Auto schaukelt, und es riecht nach Benzin, und Fritze wird schlecht. Fritze steigt aus und muß brechen am Straßenrand, und da sieht er den Malzkaffee mit Ei und Zucker und die Stücke von Wurstbrot und Apfel und Himbeerbonbon. Und Fritze würgt und ist ganz leer.

Dann ist man da, und Fritze muß viele Treppen gehen. Die Tür geht auf, und eine Frau nimmt Fritze in die Arme und hebt ihn hoch. Fritze strampelt und schreit und wird fallen gelassen und bleibt liegen und will nach Hause. Friedrich, sagt Fritzes Mutter zu Tante Hildegard, sieht ja aus wie ein Bauernlümmel mit dem unmöglichen Haarschnitt und dem Flickenpullover, und dreckig ist er und stinkt, und verzogen ist er. Fritze muß in die Badewanne, und er muß Milch trinken und Brot mit Kochkäse essen. Dann muß er ins Bett. Ihm ist schlecht. Durch das Fenster dringen schwarze Wolken und wollen ihn ersticken. Er ruft nach dem Opa. Es kommt ein Mann, der sagt, es stinkt ja wie die Beulenpest, schlimmer als im Schützengraben. Fritze hatte Blähungen. Er vertrug nämlich keine Milch und keinen Käse von der Kuh, nur von der Ziege, aber das wußten die Eltern nicht.

Fritze will aufstehen und gehen, zurück unter das dicke Federbett in der Schlafstube neben der Wurstkammer, in die niemals schwarze Wolken dringen und wo es nach Äpfeln riecht und nach gestärktem Linnen. Fritze muß zurück ins fremde Bett, und die Tür wird verschlossen. Fritze weint und muß mal und sucht nach dem irdenen Nachttopf, der immer unter seinem Bett stand. Er hat Durchfall und findet eine Vase. Die fällt um, und alles geht daneben. Dann kommt der Tag heran. Ach, Fritze, ginge er nur wieder und du könntest noch ein Stündchen träumen, du wärst zu Hause bei deiner Ziege und den kleinen Enten. Gleich aber kommt der Mann, dein Vater, der sagt, daß du verkommen bist, und verdrischt dich, daß dir die Seele aus dem Leibe fahren will.

Allmächtiger Gott, reich an Gnade, der Du die Herzen der Menschen lenkst wie Wasserbäche, höre gnädig an mein Gebet für dieses Kind. Du weißt, wie sehr der Zustand seiner Seele mein Herz mit Kummer und Sorge erfüllt. Ach, meine Bestrebungen bleiben an ihm ohne Erfolg. Du bist ein starker Gott, mächtig, durch Deine Gnade auch die härtesten Herzen zu rühren. Wie oft hast Du die Bitten frommer Mütter erhört und um ihretwillen den Kindern die Gnade der Besserung verliehen. Ich bekenne es, ich habe vor Dir gesündigt und trage vielleicht selbst einen Teil der Schuld an den Fehlern meines Kindes. Aber, o barmherziger Gott, verzeihe mir, da ich nun meine Sünde herzlich bereue. Suche mein Kind heim mit Deiner Gnade, damit es seine Fehler erkenne, sie bitter bereue und fortan in allem nach Deinem Willen und Wohlgefallen wandle.

Ob es wirklich so war in Fritzes Paradiesgärtlein, weiß ich nicht zu sagen. Die Mutter sagt, das stimmt alles gar nicht, Fritze erinnert sich nicht richtig, er war ja noch zu klein und später ein Lügner. So lange war er gar nicht bei der Oma, sie hätte ihr liebes Kind niemals gelassen bei den dummen Bauern im Eichsfeld, nur in den Ferien war er da, oder wenn sie krank war. Na, na, sagt dann der Vater. Du weißt es erst recht nicht, sagt die Mutter, du hast ja alles vergessen.

Der Verbannte und Geschlagene, schreibt Fritze in diesem ersten Heft, vergißt nichts, auch nicht das, was nicht war und sich niemals wiederfindet. Seinen durstigen Mund richtet er dem Himmel zu, als wollte er Vorwürfe gegen Gott erheben. Von jenem Garten weht ein leiser Wind. Er bringt den Duft der Erde, wo er die schönen Beeren suchen ging, in jenem Garten, wo er früher war.

Es stehen traurige und pathetische Dinge in Fritzes blauen Heften, hochmütige Banalitäten, abgebrauchte Gedanken und Albernheiten. Oft passen die Worte nicht zu den Begebenheiten und fügen sich nicht in die Zeitordnung. Auf dem Land will das Kind stärkere Gefühle gefühlt haben, wenn alles blühte und trieb und roch und summte, da will es zu allen Dingen, zu jeder Blume in einem persönlichen Verhältnis gestanden haben. Das Glück will Fritze sich gewünscht haben, wie die grünen Beeren die Sonne wünschen, schreibt er.

Fritze hat mir seine Hefte gegeben, ich soll seine Geschichte aufschreiben. Er kann es nicht, sagt er, es schaut ihn alles aus toten Augen an. Ich werde aber nur die Bruchstücke einsammeln und sie auslegen. Manches lasse ich fort, weil es langweilig ist, manches, weil es verwirrt und verwirrend ist. Manches auch, weil die Schrift nicht lesbar ist. Die eingeklebten Andachtsbildchen und Ablaßzettel und die Gebete verwende ich sparsam. Ganz weglassen kann ich sie aber nicht, mag das den Aufgeklärten auch befremdlich erscheinen.

Die Titel der zwölf Hefte behalte ich bei. Namen von noch lebenden Personen verfremde ich zumeist, da Fritzes Aufzeichnungen oft einer Tatsachenüberprüfung nicht standzuhalten scheinen. Obwohl ich auf Nachforschungen weitgehend verzichtet habe, werde ich Unstimmigkeiten gelegentlich kommentieren, was aber Fritze nicht ins Unrecht setzen soll. Nur selten füge ich aus eigener Deutung oder aus anderen Quellen etwas hinzu. In gar zu löchrigem Gewand soll Fritzes Erleben und Erleiden doch nicht erscheinen. Eine wahre Geschichte kann aus meiner Auslegung nicht erwachsen, aber vielleicht eine einfache und wahrhaftige von einem, der versucht hat, dem Leben zu halten, was es ihm versprochen haben will.

II. STATION

Fritze muß in die Schule, und Gott gibt es nicht

Mittags gibt es Brotsuppe mit Rosinen. Das will Fritze nicht essen, Brot ist Brot mit Schmand und Wurst, und Suppe ist Suppe mit Nudeln und Eierstich, und Rosinen gibt es zwischendurch in die Hand. Er muß aber, weil Brot nicht weggeworfen wird. Im Krieg gab es keins, nur einmal Knäckebrot aus einem brennenden Güterwaggon zur Brennesselsuppe, drei Monate lang. Fritze ißt Brotsuppe, und ihm wird schlecht, und er bricht in den Teller. Was rauskommt, sieht genauso aus wie was drin ist, fällt kaum auf, sagt Fritze. Die Geschwister kichern, und es hagelt Ohrfeigen, und der Vater sagt, das ist ja widerlich, und Fritze soll in die Küche an den Katzentisch. Mit Fritze kommt sie nicht zurande, sagt die Mutter, wenn der Vater abends nach Hause kommt, er hat den ganzen Tag kein Wort gesprochen. Der Vater raucht eine Zigarette und trinkt ein Bier. Freundchen, Freundchen, sagt er, bist du denn von Gott verlassen. Der Vater zieht Fritze am Ohr.

Dann soll Fritze in die Schule kommen, zum heiligen Bonifatius, der die Wälder gerodet hat im Eichsfeld und die Heiden bekehrt. Fritze bekommt eine Schultüte. Darin ist eine Lakritze-Schnecke, ein Prickel-Pit, zwei Schaum-Eier und ein Mister Tom und ein Federmäppchen mit Bleistift, Spitzer und Ratzefummel und ein Lineal und ein Heft mit Linien. Fritze ißt die Lakritze, die Eier und den Mister Tom. Das Federmäppchen legt er beiseite und ißt noch die Hälfte von dem Prickel-Pit. Am nächsten Tag muß die Mutter früh aufstehen. Das fällt ihr schwer und Fritze auch. Benimm dich bloß, sagt die Mutter, und mach uns keine Schande. Er soll kurze Hosen anziehen und braune Strümpfe. Fritze versteckt die Strümpfe hinter dem Schrank, da muß er ohne gehen.

Auf dem Schulhof sind schon die Jungen aus Fritzes Klasse mit ihren Eltern. Es ist laut. Fritze steht mit seinen kurzen Hosen ohne Strümpfe mit dem Rücken zur Mauer. Seine Schultüte ist die kleinste von allen. Dann kommt der Lehrer Pursch, und Fritze soll die Hand geben und seinen Namen sagen. Fritze hält seine Tüte fest und sagt nichts. Benehmen will gelernt sein, sagt der Lehrer Pursch, das kommt noch, das wäre ja gelacht. Fritze lacht nicht. Nun sollen sich die Kinder in einer Reihe aufstellen, aber zackig, sagt der Lehrer Pursch, und geordnet in die Klasse gehen. Fritze will nicht, und der Hausmeister kommt und trägt ihn hinein. Jetzt sitzt Fritze in der Schulbank aus grauem Holz, und seine Schultüte ist verknickt. Die Kinder sollen ihre Stifte herausnehmen und ein kleines a malen, genau zwischen die mittleren Linien in dem Heft, wie es der Lehrer Pursch an der Tafel vorgemacht hat. Fritze rührt sich nicht, und der Lehrer kommt und nimmt die Tüte und macht sie auf und sucht den Stift. Er hebt das Lineal hoch und dann das halbe Prickel-Pit, und alle Kinder lachen. Ordnung ist das halbe Leben, sagt der Lehrer Pursch. Das soll Fritze wiederholen. Das halbe Leben, sagt Fritze. Ordnung ist, sagt der Lehrer Pursch. Ordnung ist, sagt Fritze und heult.

Bald muß Fritze allein zur Schule gehen. Er geht aber nicht dahin, sondern zu Karstadt, Rolltreppe fahren. Das darf man aber nicht mit Gummistiefeln. Oder er geht zum Wohnwagenplatz und spielt mit den Zigeunerkindern. Oder er geht auf den Wall und sitzt auf der Mauer und denkt nach. Nachmittags löst Fritze selbstgemachte Rechenkästchen. Oder er schreibt etwas aus dem Lesebuch ab. Es heißt Die goldene Ähre. Darin ist ein Bild. Vater und Mutter sitzen mit einem kleinen Jungen unter einem Baum. Der Junge schreibt auf eine Tafel, und die Eltern schauen zu. Fritzes Vater ist auf dem Bau, und die Mutter ist im Krankenhaus. Es klingelt an der Tür, und das Hausmädchen macht auf. Es ist der Lehrer Pursch, und Fritze versteckt sich unter dem Bett. Ob Fritze krank ist, fragt der Lehrer Pursch. Nein, nicht, er ist doch in der Schule gewesen. Da soll der Vater zum Lehrer kommen, wenn er zurück ist. Das Mädchen soll Fritze nicht verraten, sonst will er gar nicht mehr leben. Lügen haben kurze Beine, Fritze, du mußt weiterleben und kriegst Prügel mit dem Kleiderbügel, bis du grün und blau bist.

Der Lehrer Pursch betet in der Andacht. Die Kinder sollen gut zuhören und still sein. Göttlicher Heiland, wie groß und rührend ist die Liebe, die Du in den Tagen Deines Wandels auf Erden gegen die Kinder an den Tag legtest. Es war die Unverdorbenheit ihres kindlichen Herzens, ihre Empfänglichkeit fürs Gute und insbesondere die Gefährdetheit ihres kindlichen Lebens, wodurch sie Dein Herz für sich gewannen. Dürfte ich hoffen, bei Dir in Gnaden zu sein, wenn ich Dir in dieser Liebe zu den Kindern nicht ähnlich zu sein suchte. Um so mehr, da Du schon durch meinen Beruf als Lehrer mir die Kinder so nahe gestellt hast. Wie liebenswürdig erscheinen unsere Kinder, wenn man sie mit den Augen des Glaubens betrachtet. Sind ja unsere Kinder noch so viel liebenswürdiger als die jüdischen, die noch mit dem Makel der Erbsünde behaftet sind. Ja, Herr Jesus, nach Deinem erhabenen Vorbild will auch ich ein Freund der Kinder sein und sie von ganzem Herzen lieben.

Der Schwänzer muß mit zum Lehrer Pursch. Aber nicht im Hirsch, dem alten Opel. Nebenher muß er laufen, um seinen inneren Schweinehund zu überwinden, sagt der Vater. Fritze hat keinen inneren Schweinehund, nur eine Ziege, an die er oft denken muß. Die meckert, und ihm schlägt das Herz zum Halse. Fritze ist intelligent, aber faul und verstockt, sagt der Lehrer Pursch, und stehlen tut er auch. Der Vater sagt, die Großeltern haben ihn verzogen. Der Großvater hat ihm nachts Wurstbrot gemacht, wenn er nicht schlafen konnte, und Lesen haben sie ihm beigebracht, aber keine Disziplin. Und wenn das so weitergeht, muß Fritze ins Heim. Fritze darf sich jetzt nichts mehr leisten, sagt der Lehrer Pursch. Abends liegt Fritze im Bett und ist hungrig, und alles tut ihm weh. Nebenan ist der Vater und eine Frau und Onkel Herbert mit dem Hut und dem weißen Schal. Sie trinken Bier und Steinhäger, weil der Bubi Scholz Europameister geworden ist im Boxen, ein toller Hecht, sagt der Vater. Dann streiten sich der Vater und der Onkel Herbert. Der Vater sagt, der Willy Brandt ist ein Verräter, er heißt eigentlich Herbert Frahm und trinkt zuviel Whisky. Nein, sagt der Onkel Herbert, der Adenauer hat uns an den Russen verkauft, und er lügt wie alle Kölner. Die Frau sagt, Politiker haben keine Moral, sie kennt die Rosemarie Nitribitt, die war mit allen schon mal im Bett. Mit dem Adenauer auch, fragt der Onkel Herbert und muß furchtbar lachen. Da vertragen sie sich wieder. Der Vater spielt auf dem Schifferklavier und singt Auf der Reeperbahn nachts um halbeins, ob du'n Mädel hast oder keins. Fritze kann nicht schlafen. Morgen will er nach Hamburg gehen und als Schiffsjunge anheuern wie in Meuterei auf der Bounty und dann schiffbrüchig werden und auf einer einsamen Insel leben wie Robinson.

Am nächsten Tag fährt Fritze mit seinem kleinen Fahrrad nach Norden. Seinen Schulranzen vergräbt er im Sandhaufen am Straßenrand. Das Schulbrot ißt er gleich. Es ist heiß, und Fritze hat Durst. Er klingelt an einem Haus und bittet um ein Glas Wasser. Die Frau fragt, ob er keine Schule hätte. Da rennt Fritze schnell weg und tritt in die Pedalen, als ob der Satan hinter ihm her wäre. Nun wird es dunkel, und Fritze ist sehr müde. Er legt sich in einen Bagger an einer Baustelle und will schlafen. Er kann aber nicht, es ist kalt, und der Wind heult. Fritze wird bang. Durch Nacht und Wind fährt er zurück. Dann kann er nicht mehr. Er findet ein Mietshaus am Stadtrand, und legt sich auf einen Läufer im Treppenflur. Als er beinahe eingeschlafen ist, kommt die Polizei und will ihn nach Hause bringen. Fritze will nicht. Er wird totgeschlagen, sagt er. Er muß aber doch mit. Die Eltern schimpfen gar nicht. Es ist gut, daß er wieder da ist, aber er soll das nie wieder machen, sonst wird es ihm schlecht ergehen wie dem eigensinnigen Kind in dem Märchen.

Dem wuchs bekanntlich die Hand aus dem Grabe, und dann kam die Mutter und schlug mit der Rute darauf. Eine solche Geschichte gibt es nur in der deutschen Tradition. Sie zeigt wie grausam hier der Eigensinn bestraft wird. Es fragt sich aber, ob Fritze bei der Beschreibung seiner Kindheit nicht elendspoetisch übertreibt. In den Heften finden sich immer wieder haßerfüllte Bemerkungen über den Vater, von denen ich die meisten weglasse, weil die Geschichte sonst fälschlich in die Nähe jener selbstgerechten Abrechnungen mit den Vätern der Kriegsgeneration geriete.

Fritze wird also kein Schiffsjunge, bleibt und will sich nichts mehr leisten und lernt. Er sagt, meine liebe Mammi, und tanzt mit ihr auf ihren Füßen. Er sagt, Rinderwurst mit Zwiebeln und Kartoffeln schmeckt gut und Himmel und Hölle, Birnen und Kartoffeln, auch und sogar dicke Bohnen. Er trägt den Mülleimer hinunter für einen Groschen. Das Geld spart er und kann bald was verleihen gegen Zinsen. Da heißt er der Jude. Und er lernt, sich dumm zu stellen. Beim Abwaschen läßt er die Teller fallen. Da heißt er der Trollo. Und er wächst nicht so schnell, da heißt er das Hutzelmännchen. Die Mutter nennt ihn auch mein Tierchen, wenn er ihr den Wodka holt, der Vater darf es nicht wissen.

Einmal ist Tante Ingeborgs Portemonnaie weg, und Fritze soll es gestohlen haben. Er hat es aber nicht und soll es doch gestehen, sonst setzt es was. Und da setzt es was, und Fritze gesteht, er hat es vergraben in der schwarzen Asche bei der Teppichstange, wo er immer turnt. Aber da ist es nicht, und es setzt wieder was. Da will er es auf dem Dach versteckt haben, unter dem Blei, das man biegen kann. Aber auch da ist es nicht, und es setzt noch mal was, und wie. Das Portemonnaie hat Tante Ingeborg zu Hause liegen lassen, und der Vater sagt, das kommt vom Lügen, und Fritze hat Hausarrest.

Abends liest Fritze noch im Bett. Aus Fahrradbirnen hat er sich eine Lichtanlage gebaut, die an den Eisenbahntransformator angeschlossen ist. Mit einer Unterbrechertaste kann man sie blitzschnell ausschalten. Fritze liest Ein Kampf um Rom, und er ist der schwarze Teja, und es erwacht in ihm der alte Stolz der Gothen, und er schickt sich in sein Los, unbeugsam im Inneren. Außerdem hat Fritze jetzt eine Freundin. Sie heißt Susanne, und Fritze beschützt sie. Einmal macht sich Susanne in die Hose und hat Angst, daß sie Schimpfe kriegt, und will gar nicht nach Hause gehen. Da zieht Fritze ihr die Hose aus und nimmt sie mit zu sich, und Fritzes Mutter schimpft nicht. Fritze wäscht die Hose aus, und legt sie aufs Fensterbrett in die Sonne und dichtet ein Lied. Suse, Suse, Sonne, sie trocknet Susannes Hose. Mein kleiner Fritze, sagt die Mutter und lächelt, meine liebe Mami, sagt Fritze und bringt Susanne nach Hause. Am Abend kann Fritze gut einschlafen und muß nicht erst an ein wiegendes Weizenfeld denken.

Manchmal muß Fritze nicht in die Schule, dann ist er beim Film. Der Regisseur Rolf Thiele hat ihn ausgesucht für eine Familiensaga, in der die Mutter mit den Kindern weggeht. Nadja Tiller ist seine Mutter und Dieter Borsche sein Vater und Lil Dagover seine Großmutter. Da muß Fritze ein feines Kind spielen und hat einen braunen Samtanzug an und soll sich nicht dreckig machen. Fritze kann Samt nicht fühlen, deshalb hält er die Hände immer weit weg davon. Da schimpft der Regisseur. Fritze findet Film langweilig, man muß soviel warten. Die Mutter nicht, sie lernt interessante Leute kennen.

In das Heft hat Fritze ein Titelbild von der Gong eingeklebt, da ist er auf dem Arm von Nadja Tiller. Die lächelt süßlich, aber er sieht aus, als ob er heulen wollte. Man kann es aber nicht so genau sehen, weil das Papier an den Knicken rissig ist und ganz braun geworden. Fritze muß es oft aufgefaltet haben.

Fritzes Mutter geht gern ins Freibad, wenn die Sonne scheint. Da nimmt sie die Kinder mit und ist auch nicht traurig und lacht mit dem braungebrannten Bademeister und kauft Fritze Bockwurst und Lakritze-Schnecken. Sie kann den anderthalbfachen Salto rückwärts vom Fünfmeterbrett und taucht ein wie ein Messer fast ohne Spritzer. Da klatschen die Leute, und Fritze ist stolz. Er soll sich in die Sonne legen, damit er schwarzbraun wird wie die Haselnuß, sagt die Mutter.

Am Sonntag soll Fritze die heilige Kommunion empfangen. Vorher muß er beichten. Im Beichtstuhl riecht es nach Pipi, und Fritze beichtet, daß er Unzucht getrieben hat. Cousine Heidi hat ihn gefragt, ob sie ihm mal ihren Popo zeigen soll im Keller, und das wollte Fritze. Und er beichtet, daß er gestohlen hat, eine Banane bei Obst, Gemüse, Südfrüchte Schmidt und bei Karstadt eine Lupe. Damit hat er ein Loch in sein Heft gebrannt und mußte fünfzig Mal schreiben, das Schreibheft ist zum Schreiben da. Und noch, daß er Vater und Mutter nicht geehrt hat, er hat sich abends im Bett vorgestellt, wie er dem Vater das Haupt spaltet mit dem Gothenschwert. Da muß er zwanzig Vater unser und zehn Gegrüßet seist du Maria beten mit den Knien auf dem Marterholz.

Zur Kommunion muß Fritze einen dunkelblauen Anzug anziehen mit kurzen Hosen, ein weißes Hemd und eine Fliege und eine dicke Kerze in die Hand nehmen. Das Photo gibt es noch. Unglücklich sieht Fritze darauf aus und seine Schwester auch in ihrem weißen Tüllkleid. In dem wäre sie später beinahe abgebrannt. Der Vater hatte in der Renault Dauphine vorn einen Zigarettenstummel hinausgeworfen, und der kam hinten wieder herein, genau in die Schwester. Da mußte sie gelöscht werden.

In der Kirche muß Fritze mit seiner Schwester in der ersten Reihe sitzen. Der Pfarrer hält eine Predigt. Unser göttlicher Heiland hat es mit einem Worte ausgesprochen. Mein Fleisch ist wahrhaft Speise, Speise nämlich fürs höhere, übernatürliche Leben. Das Geheimnis des heiligen Leibes und Blutes Jesu Christi hat für das Leben in der Kindschaft Gottes ganz dieselbe Bedeutung, welche die materielle Speise für das leibliche Leben hat. Wenn der Mensch nicht oft genug Nahrung erhält, so ist er nicht mehr imstande, seine Arbeiten und Geschäfte zu vollführen. Ganz so verhält es sich mit der heiligen Speise des Sakraments. Wer diese heilige Speise nicht empfängt, der wird das Wachstum im Guten nicht erlangen. Er wird nicht die Kraft haben zu siegreichem Kampfe gegen die Sünde, zur gebührenden Erfüllung der Pflichten in der Schule und zur gedeihlichen Ertragung seiner Beschwerden und Leiden und der Einsamkeit, in die der Mensch geworfen ist. Ich hab Hunger, flüstert Fritzes Schwester. Und mir ist schlecht, sagt Fritze.

Dann muß Fritze vortreten mit gefalteten Händen und niederknien und die Zunge rausstrecken. Da kommt der Pfarrer im weißen Kleid und legt ihm innominipatrietfiliietspiritussancti die Hostie auf die Zunge. Fritze geht auf seinen Platz zurück, und die Oblate klebt an seinem Gaumen und geht nicht ab, weil keine Spucke da ist. Da ist Fritze der schwarze Teja und schaut zur Kirchendecke, wo Gottvater durch die Wolken schaut. Der soll ihn töten, jetzt auf der Stelle, sonst gibt es ihn nicht. Fritzes Schwester sieht ganz heilig aus.

Fritze sitzt an der Kaffeetafel mit Onkel und Tanten, sogar die Tante Erna durfte kommen aus der Zone. Fritze lebt noch und hat sogar eine Armbanduhr bekommen, also gibt es Gott nicht. Er soll mit seiner Schwester Jan und Kjeld nachmachen. Singaleid, singaleid, little Banjo Boy. So ein Singsangedingdangsingsong unterm blauen Himmelszelt ist das singsangedingdangsingsong Allerschönste von der Welt. Da klatschen die Verwandten. Und Tante Hildegard sagt, endlich hat Fritze mal einen anständigen Haarschnitt und sieht nicht aus wie ein Hottentott. Und dann singen alle noch das Lied vom Herrn Pastor Sinkau. Fritzes Pfarrer heißt aber Pater Martin. Sing man tau, beim Herrn Pastor

Sinkau, jau, jau. Böse Menschen haben keine Lieder, sagt Onkel Albert. Fritze hat Buttercremetorte gegessen, und ihm ist schlecht. Der Pfarrer gibt Fritze sein Kommunionskärtchen zum Andenken. Darauf steht: Herr, lösche mich nicht aus, bis Du Dein Antlitz in mir wiedererkennen kannst. Das hat Theresia vom Kinde Jesu gesagt, sagt der Pfarrer. Er fragt, ob Fritze Meßdiener werden will. Fritze nickt. Wie der Neger in der Kirche, wenn man einen Groschen reinsteckt, sagt seine Schwester später.

O Jesus, mit welcher Zuversicht darf ich jetzt in die Schule treten, da Du bei mir und mit mir bist und gewissermaßen mit mir in die Schule trittst. Du bist zu mir gekommen aus Liebe zu mir, zum Heil meiner Seele. Darum bitte ich Dich nun, stehe mir gnadenvoll zur Seite in allem, was ich in der Schule tue. Hilf mir, daß ich alles so sage und mache, daß es den Lehrern ein Wohlgefallen ist. Bereite mein Herz für ihre Belehrungen und Ermahnungen, und erwecke mich durch dieselben zum Guten. Hilf mir, daß ich Nützliches lerne, und bewahre mich vor allen Sünden der Unlauterkeit.

In Fritzes Heften spielt die Schule eine erstaunlich wichtige Rolle. Ich habe mich gefragt, ob alle diese oft banalen Erlebnisse mitgeteilt werden müssen, aber dann gefunden, daß sie angesichts der heutigen allseits menschenfreundlichen Pädagogik nicht uninteressant sind. Vermutlich ist dem Heroismus, den die Schule alter Art ermöglichte, inzwischen die Grundlage entzogen. Ob Fritze in der Schule tatsächlich der Rebell war, als der er sich beschreibt, will ich nicht beurteilen.

III. STATION

*Fritze sammelt Nägel, und die Uhr
soll nicht mehr schlagen*

Zu Besuch kommt der Onkel Eberhard. Der ist Oberleutnant bei der Bundeswehr. In der Wehrmacht wäre das nicht so schnell gegangen, sagt der Vater, ohne Frontbewährung. Er ist aber Fallschirmspringer, das ist gefährlich, sagt die Mutter. Der Onkel Eberhard ist groß und braungebrannt wie die Haselnuß und noch Junggeselle. Vor dem sind alle Frauen hin und weg, sagt die Mutter. Er fährt einen Neckarsulm und geht Ski fahren in den Dolomiten, wenn ihn der Berg ruft wie bei Luis Trenker, sagt er. Ein toller Hecht, sagt der Vater. Fritze darf mal die Uniformmütze aufsetzen. Die ist zu groß, aber Fritze will auch mal zur Bundeswehr. Da muß aber noch viel Schneid in ihn rein, sagt der Vater. Der Onkel Eberhard muß mit in Fritzes Bett schlafen. Da soll er schnell seine Genossen wegräumen. Hündchen, den Dalmatiner von Steiff, der unten etwas angebrannt ist, weil die Schwester ihn auf die Lampe gesetzt hat, um Fritze zu ärgern. Onkel Otto, den Sehhund aus der Werbung vom Hessischen Rundfunk, die Antenne ist weggekommen. Einen kleinen grauen Esel aus Plastik. Und den gelben Pluto. Dem haben die Geschwister den Schwanz abgerissen, und Fritze muß alle Tage ein Stück Schnippsgummi mit schwarzer Tusche anmalen und mit Uhu an Pluto drankleben. Das hält nicht lange. Ein großer Junge und so ein Mumpitz, sagt der Vater. Fritze kann aber ohne die Genossen nicht einschlafen.

Onkel Eberhard kann auch nicht einschlafen. Er atmet schwer und streckt die Hand nach Fritze und streichelt ihm die Beine und auch dazwischen. Die Mutter hat Fritze aufgeklärt. Der Mann steckt seinen Piller in die

Frau, und dann kriegen sie ein Kind. Böse Männer mit stechenden Augen geben einem Bonbons und wollen einem ihren Piller in den Popo stecken. Dann muß man schnell weglaufen oder um Hilfe rufen. In der Schule hat Fritze gehört, Schiller sprach zu Goethe, zeig mir deine Flöte, Goethe sprach zu Schiller, zeig mir deinen Piller. Oder, laß dir was wachsen, von hier bis nach Sachsen, schlings dreimal um den Baum, und dann schlag Schaum. Onkel Eberhard flüstert, Fritze hat einen großen für sein Alter. Der ist jetzt wie morgens, bevor Fritze mal muß. Oder wie manchmal, wenn Fritze bei Cousine Heidi im Bett schläft und die ihre Beine zwischen seine tut. Onkel Eberhard sagt, Fritze soll mal seinen anfassen und kräftig auf und ab rubbeln. Noch fester. Onkel Eberhard stöhnt, und Fritzes Hand wird ganz naß und riecht sauer. Bei Fritze passiert dann auch was Komisches, aber naß wird es nicht. Das war fein, sagt Onkel Eberhard, aber Fritze soll es ja keinem erzählen.

O Gott, Du Liebhaber reiner Seelen, ich flehe zu Dir um die Gnade der heiligen Reinigkeit, eingedenk des Wortes Deines Dieners. Da ich erkannte, daß ich nicht enthaltsam sein könne, es sei denn, daß Du, o Gott, es gebest, so habe ich darum gefleht aus der ganzen Inbrunst meiner Seele. O Herr, gib mir die Gnade der Keuschheit. Habe ich sie, so werde ich siegreich in allen Versuchungen bestehen. Ich werde Scheu haben vor aller Ungebühr der Unlauterkeit, dann wird heilige Schamhaftigkeit mich beseelen, dann werde ich mich in kindlicher Verehrung der Heiligen Jungfrau mit aller Sorgfalt der Abtötung meiner Begierden widmen. Dann wird Dein Wort auch für mich Geltung haben. O wie schön ist ein keusches Geschlecht in seinem Glanze, es empfängt ewiges Lob, es ist bei Gott und den Menschen angesehen.

III. STATION

Später erzählt er es doch, aber nur daß der Onkel gestöhnt hat, und daß was rausgespritzt ist, aber nicht in Fritzes Popo. Da sagt die Mutter, daß Onkel Eberhard bei der Bundeswehr ist und Zucht und Ordnung gelernt hat, und daß alle Frauen in ihn verliebt sind, und daß Fritze eine blühende Phantasie hat und sowieso immer lügt und bald in die Pubertät kommt, und das kann ja noch was geben. Fritzes Schwester sagt, sie glaubt das doch, weil nämlich der Onkel Martin ihr auch zwischen die Beine gefaßt hat. Die Mutter sagt, sie hat die Nase voll von Fritze und diesen Kindern. In ihrer Familie war es vornehm, da saßen alle gesittet am Tisch, und es gab eine Köchin und ein Kindermädchen, und alle sind anständige Menschen geworden. Der Onkel Hermann hat aber seine Familie im Stich gelassen und hat geklaut im Juweliergeschäft und ist frühpensioniert, und Tante Walburga ist geschieden, sagt Fritze. Da knallt die Mutter die Tür, ihr reicht es endgültig, und womit hat sie das bloß verdient.

Ich war mir nicht sicher, ob ich diese Episode aufnehmen sollte. Sie könnte den Eindruck erwecken, Fritze hätte sich als mißbrauchtes Kind gesehen. Es ist aber ein viel älteres Schicksalsmuster, das ihm geschrieben zu stehen scheint.

Der Onkel Eberhard hat dann doch noch geheiratet und Kinder gekriegt und ist General geworden und an Lungenkrebs gestorben. Vorher hat er noch Appell gemacht in der Truppe, da war er schon ganz dünn und klein. So was nennt man Disziplin, sagt der Vater. Vorher hat er schnell noch eine geraucht, sagt Fritze. Wir werden immer weniger, sagt die Mutter und weint. Der Onkel Hermann ist nämlich beim Schwimmen ertrunken, und seine Freundin hat nicht die Lebensversicherung gekriegt, weil er Schlaftabletten im Blut hatte.

Fritzes Vater macht Bauleitung für den Onkel Herbert in Kassel. Er kommt erst spät in der Nacht heim, sagt der Vater einmal, weil eine Feier ist zu Ehren von Hans Albers, Große Freiheit Nummer sieben. Ein schöner Mann, sagt die Mutter, daß der schon sterben mußte. Er war immer betrunken, sagt Fritze, deshalb hat er so genuschelt beim Singen. Fritze soll nicht neunmalklug sein, sagt die Mutter, was er immer alles wissen will. Der Graf Berghe von Trips ist tot, sagt Fritze, das ist viel schlimmer, der wäre Weltmeister geworden. Fritze soll ins Bett gehen, sagt die Mutter, sie muß auf den Vater warten. Der kommt nicht. Er hat einen Unfall gehabt und ist im Krankenhaus mit Schädelbasisbruch und Kieferbruch und inneren Verletzungen. Die Mutter sagt, mit Fritze kommt sie alleine nicht zurecht. Ins Eichsfeld kann Fritze nicht mehr wegen der Mauer. Da muß Fritze zum Onkel Herbert und zur Tante Lise. Der Onkel Herbert mit dem großen Hut und dem weißen Schal und dem schwarzen Königspudel hatte vom Krieg nichts gehalten, von der Kapitulation aber auch nichts. Die Villa mit Park und Garten und See war nun im russischen Sektor. Alles ging perdu, sagt die Tante Lise, und das Kabriolett war auch beschlagnahmt. Da ging der Onkel Herbert in den Westen, wo es viel abzureißen gab und viel aufzubauen, und ließ aus den zerstörten Häusern die Türen und Fenster holen, die Kloschüsseln und die Waschbecken, die Rohre, die Träger und die Backsteine. Auf dem Platz vor der Stadt wurden sie geordnet nach Art und Zustand und konnten gekauft werden.

Am Ausgang vom Platz sitzt die Tante Lise und taxiert alles mit einem Blick. Über den Preis gibt es nichts zu handeln, sonst kann man die Klamotten dalassen. Am Abend kommt der Onkel Herbert und steckt das Bargeld in die Manteltaschen. Dann läßt er sich mit dem

Pudel im schwarzen Mercedes Benz durch die Lokale chauffieren, gibt Runden aus und schimpft auf die Politiker wie immer. Der Adenauer hat Deutschland verschenkt an den Russen und den Pollacken. Zu Hause bei der Tante Lise sagt er nicht viel und läßt sich das Essen aufs Zimmer bringen. Da muß man vorher anklopfen. Die Tante Lise ist aus dem Rheinland, findet den Adenauer jut und läßt sich nichts verdrießen. Wir waren vor dem Krieg schon reich, sagt sie, und wir werden wieder reich, wat küt, dat küt. Manchmal reist sie auf Messen und verkauft laut und lustig Gemüsepressen aus Solinger Edelstahl. Vom Geld behält sie immer was zurück und ißt und trinkt und lacht und ist dick wie ein Walroß und muß immer größere Kleider kaufen. Wenn Fritze zum Onkel Herbert soll, muß er alte Sachen anziehen, und in die Hose wird schnell noch ein Loch geschnitten. Der sieht ja aus wie der Luntemann, sagt dann der Onkel Herbert und gibt der Tante Lise zweihundert Mark, sie soll den Kronsohn neu einkleiden. Da sieht Fritze aus wie ein feiner Pinkel.

Auf dem Platz kann Fritze sich was verdienen. Er soll die Nägel aufsammeln, die aus den Bohlen gezogen werden. Für eine volle Züchner-Dose gibt es eine Mark. Am ersten Tag hat Fritze zwei Dosen, am zweiten drei, am dritten vierzehn. Er hat die Nägel aus der großen Tonne in der Werkstatt abgefüllt. Der Vorarbeiter hat es gesehen und dem Onkel Herbert verpetzt. Der lacht und sagt, der ist nicht dumm, der Kronsohn. Am Abend spielt Fritze mit der Tante Lise Offiziersskat. Er gewinnt immer. Der fudelt, sagt die Tante. Dann darf Fritze noch fernsehen, Lassie. Fritze will einen Hund, der nur ihm gehorcht. Später kriegt er einen und erzieht ihn mit harter Hand. Die Mutter und die Schwester geben ihm Kekse und Käsebröckchen und nehmen ihn mit ins Bett. Und der Hund wird dick und träge und gehorcht allen oder niemandem. Da will Fritze den Hund nicht mehr und tritt nach ihm. Verantwortung ist ein Fremdwort für Fritze, sagt der Vater. Alles will er haben, und nichts führt er zu Ende.

Als Fritze vom Onkel Herbert zurückkommt, hat der Vater einen Bart und kann noch nicht wieder arbeiten. Fritze soll ein Flugzeugmodell zusammenbauen, damit er Geduld lernt, einen Doppeldecker. Bis er fertig ist, läuft der einzylindrige Benzinmotor mit 0,5 PS im Prüfstand auf dem Balkon. Fritze leimt achtundvierzig Spanten ein und überzieht die Tragflügel mit Pergamentpapier. Das lackiert er, ganz glatt wird es nicht. Doch soll der Jungfernflug planmäßig stattfinden auf der Wiese beim Kiessee. Der Motor wird eingebaut und das Leitwerk tariert. Das Aggregat läuft auf Hochtouren. Fritze läßt das Flugzeug los. Es steigt steil in die Höhe, bis es ins Trudeln kommt und spiralförmig zu Boden stürzt. Die Flügel sind zerbrochen und die Nase mit dem Motor hat sich vom Rumpf gelöst und hoppelt kreischend über die Wiese. Fritze lacht. Es ist immer dasselbe mit Fritze, sagt der Vater zu Hause. Aber Fritze wird es dem Vater schon zeigen. Er ist der Kronsohn vom Onkel Herbert und wird Abbruchunternehmer mit Villa und Mercedes Benz und einem großen schwarzen Hund, der nur auf ihn hört.

Als der Onkel Herbert stirbt, da ist der Platz schon verkauft, und die Gartenhäuser werden aus neuem Holz gemacht, und von dem Geld ist nichts übrig. Da muß die reiche Tante Lise bügeln und stopfen bei Fritzes Eltern und hat Wasser in den Beinen und seufzt und lacht. Fritze hat noch Geld übrig, aber das Sparen hat er aufgegeben. Die Zinserträge fangen die Inflationsrate nicht mehr auf, hatte der Onkel Herbert gesagt, damals war der Erhard dran schuld. Der war zu dick, weil er sich nur selbst ernährt hatte, wir aber sollten Maß halten. Onkel Herbert war aber auch dick.

Fritze soll zu den Pfadfindern, damit er lernt, sich in die Gemeinschaft einzuordnen. Der Vater war in der Hitler-Jugend. Da machten sie große Fahrten, das war anstrengend, aber schön. Abends wurde das Lager aufgeschlagen und Feuer gemacht. Da gab es Suppe aus der Gulaschkanone. Dann saßen sie am Feuer und haben gesungen. Wir lagen vor Madagaskar, Schwarzbraun ist die Haselnuß, Wildgänse ziehen durch die Nacht und Kein schöner Land in dieser Zeit, als hier das unsere weit und breit. Wo wir uns finden, wohl unter Linden, zur Abendzeit. Fritze geht auch auf Fahrt und kriegt einen Rucksack. Der ist nicht schön, ein Sonderangebot. Er sieht aus wie ein brauner Arsch, sagt Fritze. Abends am Feuer sollen alle den mitgebrachten Proviant hergeben, der wird dann geteilt. Fritze will das nicht. Auf seinen Broten ist Eichsfelder Mettwurst, die hat die Tante Erna mitgebracht beim Begräbnis, da durfte sie raus. Der Gruppenführer befiehlt, ihm die Brote abzunehmen. Fritze kämpft tapfer wie ein Gothe, aber er wird geschlagen und sein Mettwurstbrot ist verloren. Fritze nimmt seinen Rucksack und geht. Er wird zurückgebracht und an den Baum gefesselt wie bei Karl May. Ihr Schweine, schreit Fritze, ihr blöden Pfadfinderschweine. Da wird Fritze einstimmig ausgeschlossen. Wer einmal die Flamme umschritt, bleibe der Flamme Trabant, sagt der Führer, sonst schießt er zerstiebend ins All. Das war ja zu erwarten, sagt der Vater.

Fritze geht auf die Kirmes zum Schützenplatz. Er kauft eine Tüte gebrannte Mandeln und geht zur Raupenbahn, da gibt es die beste Musik. Doing the locomotion, Da doo ron ron ron, I get around, Mister Bassman. Am Pfosten ganz außen steht ein Mädchen mit dunklen Augen und durchscheinender Haut. Es trägt ein verschossenes gestreiftes Kleidchen und scheint zu frieren. Fritze sieht zu ihr hinüber. Dann geht er Fahrkarten kaufen und stellt sich unauffällig zu ihr. Fritze ist eigentlich in Jacqueline Kennedy verliebt, sie sieht ihr ein bißchen ähnlich. Ein Lied später hält er ihr die Tüte hin. Sie nimmt eine Mandel und lächelt Fritze mitten ins Herz. Dann fahren die beiden Raupenbahn. Die grüne Plane senkt sich, und Fritze legt seinen Arm um das Mädchen, und das wird rot und friert nicht mehr. Dann muß sie nach Hause, und Fritze darf sie bringen, aber nur ein Stück. Fritze schaut ihr nach. Sie geht zum Ebental, zur Barackensiedlung, wo die Aussiedler wohnen und die Zigeuner, zwielichtige Elemente, sagt Fritzes Vater. Sie heißt Ramona Weiss und will morgen wieder da sein. Da möchte sie, daß Fritze ihr einen roten kandierten Apfel kauft und zwei Ringe mit schwarzem Stein, damit sie sich verloben können in der Raupenbahn. Beim Verloben muß man sich küssen, sagt Fritze, aber Ramona Weiss will das nicht, sagt sie.

Fritzes Hefte sind voll von Titeln und Liedzeilen aus der Rock- und Popmusik. Ich kenne mich auf dem Gebiet nicht besonders aus, aber manchmal habe ich den Eindruck, daß sie den Begebenheiten in ihrem zeitlichen Ablauf nicht richtig zugeordnet sind. Für die meisten Menschen, die in der Nachkriegszeit geboren wurden, sind wichtige Erlebnisse in der Erinnerung fest mit der jeweiligen populären Musik der Zeit verbunden. Bei Fritze scheint diese Tonspur des Lebens verrutscht zu sein. Das könnte neben anderen störenden Einflüssen auf sein Erinnerungsvermögen daran liegen, daß Fritze immer Musik hört und alle, auch die ältesten Platten aufbewahrt. Auch hat er einzelne Liedzeilen eigenartig eingedeutscht. Die flächendeckende Verbreitung der populären Musik hat überdies dafür gesorgt, daß sich das Zeitgenössische auflöst. Die toten Heroinen und Heroen der Rockmusik singen unaufhörlich weiter und verwandeln so auch die Lebenden in Untote. So schreibt Fritze an einer Stelle: Rock ist mir Spuk im Gedächtnis.

Am nächsten Tag ist Ramona nicht da, und Fritze wartet. Da kommt sie mit zwei schwarzen Kerlen, und der eine läßt sein Messer aufschnappen und hält es Fritze an die Kehle. Wenn er noch einmal seine Schwester anrührt, wird er massakriert, und jetzt soll er sich verpissen. Fritze hat kein Messer und muß sich verpissen. Auf dem Heimweg findet er einen Zettel in seiner Tasche. Darauf steht: Ich werde unsere Liebe wie ein Kleinot in meinem Herzen bewahren. Kleinod, sagt Fritze vor sich hin, das Wort kenne ich irgendwoher. Eines Tages wird er Ramona aus den Klauen ihrer Peiniger befreien. Zu Hause fragt der Vater, wieviel er ausgegeben hat. Zu seiner Zeit kriegten sie nur zehn Pfennig für die Kirmes und mußten fünf wieder mitbringen. Die Kinder wissen heute gar nicht, wie gut es ihnen geht. Dabei fressen sie einem die Haare vom Kopf.

Die Oma und der Opa kommen in den Westen. Sie wollten gar nicht, aber man hat sie schikaniert, sagt der Opa, alte Leute können sie nicht gebrauchen. Aus dem Hof soll ein sozialistischer Kindergarten werden. Ob die sozialistischen Kinder dann Fritzes Beeren essen. Die Ziege ist schon gestorben. Der Opa hat sie im Apfelgarten beerdigt, obwohl man das nicht darf, Seuchenverordnung. Die Großeltern ziehen in eine kleine Wohnung im Keller. Die ist feucht, man holt sich das Reißen, sagt die Oma, es sind keine Spinnen da, das ist verdächtig. Die alte eichene Standuhr steht in der Ecke. Sie darf nicht mehr schlagen, weil die Nachbarn davon immer aufwachen. Der Opa hat den Hammer aus dem

Schlagwerk genommen, nun pocht sie nur noch hohl, wenn die Stunde voll ist. Die Oma backt Apfelstrudel, aber der kriegt Risse, weil das Mehl im Westen nichts taugt, und die Äpfel muß man im Laden kaufen. Abends spielen Fritze und sein Bruder mit dem Opa Skat. Manchmal schummeln sie beim Zählen, damit es sechzig zu sechzig gibt. Dunnerlüttchen, sagt dann der Opa, der Deubel hat zwei Schock gemacht. Und die Oma sagt, Joseph, fluche nicht! Dann lacht Fritze wie damals und sein Bruder auch.

Der Opa geht den ganzen Tag spazieren mit strammem Schritt. Manchmal geht Fritze mit. Der Opa geht gern auf den Friedhof. Was er da nur sucht, sagt die Mutter. Auf dem Friedhof rauschen große alte Bäume, und im Schatten blicken Engel ernst. Süße Früchte werden aus den herben, sagt der Opa, und fallen nachts wie tote Vögel nieder und liegen wenig Tage und verderben. Dann stirbt der Opa und hat noch kaum ein graues Haar und wird begraben auf dem Friedhof. Kein Engel wacht an seinem Grab, ein Marmorstein ist teuer genug. Fritze geht nicht mit in die Totenmesse und nicht auf die Trauerfeier in der Friedhofskapelle und auch nicht mit dem Priester zur Stätte. Er geht den Weg, den der Opa gegangen, und steht entfernt unter der Eiche und spricht den letzten Gruß der Gothen. Daß ich einen Heiden großgezogen habe, sagt die Oma. Auf dem Leichenschmaus gibt es frisches Mett und Schlachtebrühe und Wellfleisch und Blutwurst aus dem Eichsfeld. Ja, Fritze, sagt die Tante Erna, die schöne alte Zeit, die ist lange vorbei. Und wie du groß geworden bist. Nur äußerlich, sagt Fritze.

O mein Jesus, nun hast Du das süße Wort zu mir gesprochen. Gehe hin in Frieden, Deine Sünden sind Dir vergeben. Du hast mich in Deinem Blute gereinigt von dem Aussatze meiner Sünden und mich befreit aus der Gewalt des bösen Feindes. Die Bande des Todes sind zerrissen und der Himmel steht mir wieder offen. Dein Friede und Deine Freude sind zurückgekehrt in mein Herz. Mit allen Engeln und Heiligen will ich Dir danken und Deine Erbarmungen preisen. O Herz der Liebe, ich setze mein ganzes Vertrauen auf Dich, denn ich fürchte alles von meiner Schwachheit, aber ich hoffe auch alles von Deiner Güte. Dreihundert Tage Ablaß jedesmal.

Seit der Opa tot ist, geht Fritze gern wandern. Manchmal darf der kleine Bruder mit. Sie wandern zu einer alten Ritterburg, auf der war schon Heinrich Heine. Sie haben einen Wanderstock, und Fritze geht voraus und kommandiert. Eins, zwei und Marsch und links und links und Halt. Abteilung rührt euch. Wenn der kleine Bruder schlappmachen will, darf er mit dem Stock vorausgehen und kommandieren. Dann ist er stolz, und es geht es wieder. Sie kommen durch ein kleines Dorf, und am Brunnen sind zwei Mädchen. Der kleine Bruder befiehlt eine Rast, und Fritze erzählt, daß sie in geheimer Mission unterwegs sind für den König. Wir haben große Wäsche, sagen die Mädchen und lachen. Fritze und sein Bruder gehen weiter und winken noch vom Hügel am Waldrand. Ich weiß nicht, was soll es bedeuten, sagt Fritze, daß ich so traurig bin. Ich auch, sagt der kleine Bruder, die eine hatte goldenes Haar. Auf der Burg zünden sie Feuer und braten die Wurstbrote am Spieß, erlegtes Wild. Mein Herz ist im Hochland, singt Fritze, mein Herz ist nicht hier. Der kleine Bruder ist eingeschlafen, in den Bäumen säuseln die Blätter sanft, und die Vögel zwitschern leise fort.

Hier ist ein Passus in Anführungsstriche gesetzt: »Er wußte nicht, daß es das Ganze war, das ihn mit solchem

Reiz ergriff. Vielleicht fiel damals schon sein Los, ein ewiger Widerstreit von Wehmut und von Kühnheit, der oft zu einer inneren Wut sich hob.«

Auf dem Rückweg besuchen die romantischen Wandergesellen die Mutter im Krankenhaus und essen ihr Abendbrot auf.

Fritze geht auf dem Wall für sich hin und schwenkt die Hundeleine. Der Hund ist weggelaufen. Da kommt die Zigeuner-Bande und baut sich vor ihm auf. Was hast du mit meiner Schwester gemacht, fragt der Anführer. Weg da, sagt Fritze, und zieht ihm die Hundeleine durchs Gesicht. Die Zigeuner stürzen sich auf ihn. Fritze schlägt drein wie der schwarze Teja und ist dem Untergang geweiht. Mit Nasenbein- und Rippenbruch liegt er nun im Bett. Wer sich mit dem Gesindel abgibt, ist selbst schuld, sagt der Vater, wenn wir den Krieg nicht verloren hätten, gäbe es die gar nicht mehr. Jetzt leben die von unseren Steuergeldern und klauen wie die Raben.

Immer auf die Kleinen, sagt die Mutter. O Gott und Herr, ich richte mein Gebet zu Dir für meine Kinder. Du bist ihr Vater, Du liebst sie mehr als ich. So nimm Dich denn ihrer in Gnaden an. Ich bin ja allein nicht imstande, sie in den vielfachen Gefahren ihrer Jugend vor Sünde und Verirrung und vor den drohenden Übeln zu schützen. Sei Du ihr Schutz und Schirm, flöße ihrem Herzen den Geist wahrer Gottesfurcht und Frömmigkeit ein. Befestige sie im Guten, auf daß sie auf Deinen Wegen wandeln und glücklich das Ziel ewiger Auserwählung erlangen.

Auf die Gebete in Fritzes Aufzeichnungen kann ich mir wie eingangs angedeutet keinen rechten Reim machen.

Oft sind sie in anderer Tinte am Heftrand nachgetragen oder als Ausrisse eingeklebt und mit Pfeilen auf die jeweilige Stelle hin versehen. Seine Art der Frömmigkeit ist mir überhaupt fremd. Zwar gründet sie sich offensichtlich auf einen im Eichsfeld überlieferten Bestand von Texten und Bildern, die daraus erwachsenden Vorstellungen erscheinen aber sonderbar.

IV. STATION

*Fritze wird vom Platz gestellt und will
Schwedisch lernen*

Fritze träumt zuviel und liest zuviel und zieht sich zurück, sagt der Vater, er soll in den Fußballverein, da lernt man, sich einzuordnen. Jetzt kommt die Bundesliga, da kann man was verdienen. Fritzes Vater war auch im Fußballverein. Er erzählt gern die Anekdote, daß die Zuschauer immer gefragt hätten, warum der Achter beim Spiel eine Krawatte trage. Es sei aber seine Zunge gewesen. Fritze findet das nicht witzig. Er lernt schnell die verschiedenen Schußtechniken. Den geraden Vollspannschuß mit durchgedrücktem Fuß, den Dropkick, bei dem die Absprungenergie des Balles mitgenommen wird, den frontalen und den seitlichen Schnepper, bei dem man die Schußkraft durch eine gegenläufige Beinbewegung in der Luft erhöht, das Schieben mit dem Innenrist, das bei kurzer Entfernung zum Tor dem Gewaltschuß vorzuziehen ist, und das Schlenzen, bei dem der Ball für Torwart und Gegenspieler unvorhersehbar mit dem Fußgelenk gesteuert wird. Vor allem aber den mit dem Außenrist angeschnittenen Ball, für den Fritze wie Günter Netzer aufgrund seiner übergroßen Füße, er sieht aus wie ein L, sagt der Vater, besonders veranlagt ist. Weniger liegt Fritze die Körpertäuschung und das Dribbeln nach der Art von Ente Lippens, die beim gegnerischen Verteidiger meist zu unfreundlichen Reaktionen führt. Auch nicht der vorzüglich von Hacki Wimmer praktizierte uneigennützige Balltransport über lange Strecken und die zugehörige Laufarbeit ohne Ball oder die präzisen Zuspiele von Wolfgang Overath. Schon gar nicht gehören schließlich die Manndeckung eines Berti Vogts und das sich Verbeißen in den Gegner zu den von Fritze bevorzugten

Aktionen. So gelingen ihm zwar gelegentlich spektakuläre und ästhetisch ansprechende Torerfolge, jedoch stößt seine Spielweise bei den Mitspielern auf Zurückhaltung. Beweg dich, du Faultier, sagt der Trainer.

Nur die Nummer Zehn, ein großer Blonder mit wehender Mähne, der keinen Vater mehr hat und einen Künstlernamen trägt, betrachtet Fritzes Fertigkeiten mit Wohlwollen. Den Künstlernamen hatte er von einem Spiel, für das er nicht berechtigt war. Er sollte verwarnt werden und gab Hendrix an, Vorname Jimmy. So trug der Schiedsrichter eine gelbe Karte für den Spieler Jimmy Hendrix ein. Der bediente ihn öfter mit genauen Zuspielen. Später rauchten die beiden vor jedem Match hinter der Kabine einen Joint und verwunderten die Mitspieler durch häufige, meist dem Spielverlauf wenig angemessene Heiterkeit.

Über Fritzes fußballerische Fähigkeiten ist mir Widersprüchliches zu Ohren gekommen. Manche erzählten, er sei ein eher unauffälliger und zuverlässiger Spieler gewesen, andere, er hätte technisch nicht viel auf der Pfanne gehabt, sei aber extrem schnell gewesen. Jimmy dagegen sagte mir, Fritze hätte tatsächlich ziemlich geniale Fähigkeiten gehabt, die seien in der Mannschaft aber nicht verstanden worden. Fußballmannschaften seien damals noch nach dem Muster von Pfadfindergruppen geführt worden, das sei für Fritze nichts gewesen.

Fritze nimmt den Anstoß auf, paßt zurück und bewegt sich langsam und ohne hängende Zunge Richtung Strafraum. Jimmy Hendrix geht über halblinks und spielt den Ball nach innen zu Fritze. Der will mit der Sohle stoppen, aber die Kugel rutscht durch. Jimmy lacht, und Fritze auch. Penner, sagt der Neuner. Leck mich, sagt Fritze. Der Neuner baut sich vor Fritze auf, Nase an Nase, du siehst aus wie ein Penner. Und du stinkst aus dem Hals, sagt Fritze und stößt kurz mit dem Kopf. Ball flach halten und nicht aufregen, sagt Jimmy. Elf Freunde müßt ihr sein. Der Schiedsrichter zeigt die gelbe Karte, ich verwarne Ihnen wegen unsportlichen Verhaltens am eigenen Mann. Ich danke Sie, sagt Fritze. Der Schiedsrichter zeigt die rote Karte wegen Beleidigung. Das war ein Zitat, sagt Fritze und nimmt den Mann beim schwarzen Hemd. Fritze wird vom Spielfeld gedrängt und geht gleich zum Stadion hinaus wie der Torwart bei Peter Handke, nur daß er keine Angst vor dem Elfmeter hat. Die Aufstellung der Traditionsmannschaft vom 1. FC Nürnberg weiß Fritze auch nicht. Er trinkt bei Walterchen an der Ecke drei Bier mit Korn auf den guten alten Sepp Herberger. Der war noch aus anderem Holz geschnitzt, sagt Fritze zu Walterchen. Das Spiel dauert neunzig Minuten, sagt Walterchen, aber nicht für jeden. Nein, sagt Fritze, und der Ball ist auch nicht ganz rund.

In der Nacht wacht Fritze auf und weiß, es ist was. Der Vater ist nicht da, die Geschwister schlafen. Er geht durchs Haus und sieht Licht unter der Tür im Badezimmer. In der Badewanne liegt die Mutter im blutigen Wasser, auf dem Rand eine Flasche Wodka und Rasierklingen und eine leere Tablettenröhre. Fritze betrachtet ihr bleiches Gesicht und weiß nun, daß er sie liebt für ihre Traurigkeit und Schönheit, für ihre Unzufriedenheit und Unfähigkeit in dieser Welt. Ruhig wählt er den Notruf und fährt mit ihr im Rettungswagen. Dann wartet er im Krankenhaus und sitzt später am Bett und tupft den Speichel von ihrem Mund und sieht den Tropf rinnen und will nicht, daß die Zeit verläuft, und will sie nicht verlieren.

Ihr himmlischen Freunde, heilige Schutzengel, o lasset die Mutter den Segen Eures liebevollen Amtes zu aller Zeit erfahren. Eure Fürbitte sei für sie eine starke Wehr wider alle ihr drohenden Gefahren des Leibes und der Seele, eine reiche Quelle himmlischer Gaben und Gnaden, eine mächtige Hilfe, daß sie auf den Weg des Heils zurückgelange und selig werde. Süßes Herz, Maria, sei ihre Rettung. Dreihundert Tage Ablaß.

Fritze kommt zu spät zur Schule, Kopf- und Magenschmerzen. Daß ich nicht lache, sagt der Lehrer Schinke. Er ist groß und dick und rot im Gesicht und lispelt. Bei Swerdlowsk hat er trotz Bauchschuß die Russen in den Fluß geschmissen. Da soll sich Fritze mal zusammennehmen. Lehrer Schinke erzählt gern Geschichten aus dem Krieg, und die Stunde ist dann bald zu Ende. Später wird er vom Dienst supendiert, weil er mit dem Schrotgewehr auf Schüler geschossen hat, die vor seinem Haus revolutionäre Lieder sangen. Dann kommt noch seine Tochter Goldie bei einem Motorradunfall zu Tode. Da tut er Fritze leid.

Im Religionsunterricht wird Papst Pius der Zwölfte behandelt. Er hat die Kirche in großer Not gerettet. Ja, sagt Fritze, weil er mit den Nazis gemeinsame Sache gemacht und nichts gegen die Judenverfolgung unternommen hat. Hat er doch, sagt der Lehrer, aber im geheimen, er mußte vorsichtig sein, um nicht das Leben seiner Schäflein zu gefährden. Das ging vor, schließlich haben die Juden unseren Herrn Jesus ans Kreuz geschlagen. Na und, sagt Fritze, er war ja selbst Jude, außerdem ist er auferstanden, die deutschen Juden sind mausetot. Fritze hat Hochhuth gelesen, sagt der Lehrer, das ist verboten für Katholiken. Ja, sagt Fritz, selig werden die Armen im Geiste, da freut sich unser Herr und hat ein Wohlgefallen. Das ist Blasphemie, schreit der

Lehrer, eine Todsünde, Fritze soll sich zum Teufel scheren. Gern, sagt Fritze und geht.

Fritze hat Klassenfahrt. Ski fahren in Torfhaus im Harz. Fritzes Klasse wohnt im oberen Stock der Jugendherberge. Am Fenster bilden sich Eiszapfen, und zwischen ihnen kann man jeden Morgen den Brocken in der Sonne glänzen sehen. Der liegt in der Ostzone. Ein Unglück der Geschichte, sagt der Lehrer Schinke. In der Jugendherberge ist auch eine schwedische Mädchenklasse. Schwedinnen sind scharf, sagen die Mitschüler. Fritze interessiert sich seit der Geschichte mit Ramona nicht so für Mädchen. Das bringt nur Unglück, sagt er. Eine ist aber ganz nett. Lena aus Göteborg schaut mit roter Nase unter ihrer Bommelmütze hervor und lacht, wenn sie hinfällt. Im Café Brockenblick gibt es eine Juke Box, und abends wird getanzt. Lena drückt Downtown von Petula Clark und fordert Fritze zum Tanzen auf. Und dann sitzen Lena und Fritze nebeneinander und reden nicht viel und sehen aus, als ob sie nicht dazugehören, sagen die anderen.

Lena hat nagelneue Metall-Ski und Skischuhe von Head und jeden Tag andere Sachen an. Fritze hat lange Holzbretter von Erbacher mit aufgeschraubten Stahlkanten und Schnürstiefel und steckt immer in einer braunen Keilhose und einem beigen Schlupfanorak, darunter einen grünen Nicki. Lenas Vater ist der größte Lederhändler von ganz Schweden. Lena kann nicht Ski fahren. Fritze übt mit ihr. Das Gewicht muß auf den Talski. Das Knie beugt bei Vorlage des Oberkörpers. Nun ausstemmen, entlasten, Ski beiziehen und den Talski wieder belasten. Lena schießt an Fritze vorbei und fährt in einen Schneehaufen. Fritze fährt hinterher und läßt sich neben ihr fallen. Lena zieht seinen Kopf zu sich und küßt ihn. Am Freitagabend sind schon fast alle weg, und das Café will schließen. Lena darf noch einmal Downtown drücken. Sie tanzen nicht. Lena weint und streichelt den grünen Nicki. Fritze hält sie fest. Lena möchte den Nicki haben.

Die schwedische Klasse muß schon früh los, aber Fritze will ihr noch zum Abschied winken. Als er aufwacht, packen alle schon ihre Sachen. Fritze zieht sich schnell an und rennt nach unten. Der Bus ist schon weg. Es hat geschneit, und man sieht noch die Spur. Fritze malt mit dem Fuß ein Herz in den Schnee mit einem Pfeil, der es durchbohrt, und schreibt ein L und ein F hinein. Das F wird rot. Darunter lag das Papier von einer Tafel Schokolade. Fritze wischt das Herz wieder weg. Was ist los, fragen die Klassenkameraden im Bus. Fritze schaut fröstelnd auf den Brocken, alles in Ordnung.

Zu Hause ist niemand da, es ist kalt. Fritze gibt eine große Portion badedas in die Wanne und läßt Wasser ein. Er sitzt still darin und hört den Schaum knistern. Er drückt die Knie millimeterweise durch und versucht, die kleinstmögliche trockene Insel zu retten. Plötzlich ist sie weg. Er versucht, das Herz in den Schaum zu malen, das geht aber nicht, der Schaum klumpt an seinem Finger. Fritze duscht nicht kalt nach, wie er soll, um sich abzuhärten und die Begierden zu zähmen. Er trocknet sich ab, der Schaum verliert sich im Handtuch. Fritze friert und hat Blasenschmerzen. In der Küche macht er den Backofen an und setzt sich breitbeinig davor, damit es unten warm wird. Der Vater kommt nach Hause und sagt, das ist zu teuer. Fritze soll Kohlen raufholen und den Ofen heizen.

Lena hat geschrieben. Die Mutter hat den Brief aufgemacht und gelesen und gibt ihn Fritze und lächelt. Fritze reißt ihr den Brief aus der Hand und geht in den

Keller. Er zündet eine Kerze an und seine vorletzte HB und liest den Brief. Lena schreibt, daß sie jeden Abend im Bett Downtown hört und in ihr Tagebuch schreibt, daß sie an Fritze denkt, und noch mehr Sachen, die sie aber auf Deutsch nicht sagen kann. Fritze schreibt Lena zurück, daß er jetzt auch Tagebuch schreiben will und Schwedisch lernen, und wenn sie sich wiedersehen, wollen sie sich alles vorlesen. Fritze kauft ein Schwedischbuch und ein Heft und schreibt, Liebes Tagebuch, was für Tage, mir fällt nichts ein, ich schreibe später alles auf.

Fritze ist offenbar nie ein Tagebuchschreiber gewesen, das unmittelbare Notat liegt ihm nicht. Nur selten finden sich Datum und Uhrzeit. Die allermeisten Notizen scheinen im zeitlichen Abstand geschrieben. Aus den verschiedenen Tinten und den Handschriftveränderungen geht hervor, daß Fritze die einzelnen Hefte immer wieder zur Hand genommen hat. So sind zum Beispiel die letzten Eintragungen im ersten Heft erst vor kurzem entstanden, während die ersten über die Zeit im Eichsfeld offensichtlich zu den ältesten gehören. Zwar läßt sich innerhalb der einzelnen Hefte die Abfolge der Ereignisse einigermaßen ersehen, jedoch fügen sie sich nie recht zu einer Chronologie.

Inzwischen ist es Mai, die Bäume schlagen aus, und im Tagebuch steht immer noch nicht viel, die Welt ist leer, das Schwedischbuch ist weggekommen. Am trübsten Sonntag packt Fritze ein paar Sachen ein und geht zur Autobahnauffahrt Richtung Hamburg. Ein Opel Kapitän nimmt ihn mit. Was Fritze in Hamburg will, fragt der Fahrer. Er ist Schiffsjunge auf der Hanseatic. Sie läuft morgen früh aus, nach Neu York. Interessant, sagt der Fahrer, und wie ist das so auf dem Schiff. Eigentlich langweilig, sagt Fritze, jeden Tag Kohlen schippen und

Deck schrubben, immer nur Labskaus zu essen mit Kakerlaken drin. Abends spielt das Schifferklavier, und man kriegt Heimweh, dann fällt man wie tot in die Hängematte. Und wenn man eingeschlafen ist, wird man an die Wand gelehnt, und in die Hängematte kommt der nächste. Hat die Hanseatic keine Dieselmotoren, fragt der Fahrer. Schon, sagt Fritze, aber die Mannschafts-Kajüten werden mit Kohle beheizt. Das sind ja Zustände, sagt der Fahrer. Was will man machen, sagt Fritze, Seemannsbraut ist die See, und nur ihr kann er treu sein. Er möchte bei den Landungsbrücken abgesetzt werden.

Fritze geht zur Großen Freiheit Nr. 9, zum Star Club, wo die Beatles gespielt haben, als sie noch keiner kannte. Die Shamrocks spielen und die King Pins als Vorgruppe. Fritze wird aber nicht reingelassen, obwohl er in seinem Ausweis beim Geburtsdatum aus der 8 hinten eine 6 gemacht hat. Fritze geht durch die Herbertstraße. In rot beleuchteten Türen stehen dicke Weiber. Na, Kleiner, willst du mal. Ich möchte mal, sagt Fritze, doch was ich möchte, möchte ich nicht sagen, und lacht und geht schnell weg. Fritze geht die Reeperbahn entlang, es ist nachts um halbeins und sein Mädel ist in Göteborg, er hat also gerade keins. Fritze ist müde. Er fragt in einer Pension nach einem Zimmer. Der Mann lacht. Ich möchte schlafen, sagt Fritze, morgen früh geht mein Schiff. Fritze kann in der Wäschekammer übernachten, für zehn Mark. Aus dem Zimmer nebenan dringen klatschende Geräusche. Ein Mann grunzt. Müde, recht müde, muß noch eine große Reise machen, sagt Fritze vor sich hin und schläft ein.

Am nächsten Tag hat Fritze Glück. Ein buntbemalter Lastwagen nimmt ihn mit. Es sind die Boots aus Berlin, die schärfste Rockband überhaupt. Sie haben im Kaiserkeller gespielt, und müssen jetzt nach Göteborg zu einem Engagement im Lunapark. Sie rauchen dünne Zigaretten, es riecht süßlich. Fritze soll jetzt nichts mehr fragen. Sie sind müde vom Gig. Die Leute standen auf den Tischen vor Begeisterung. So schaut Fritze in die schwedische Landschaft, ob er vielleicht wilde Erdbeeren sieht. Es sind aber keine da, oder sie sind so klein, daß man sie nicht sehen kann. In Göteborg ist es schon dunkel. Fritze wird am Götaplatsen abgesetzt. Er fragt sich zu Lenas Adresse durch, es ist nicht weit, und die Schweden sind sehr nett. Fritze klingelt bang, Lena und ihr Vater stehen in der Tür, von innen scheint ein warmes Licht. Sie haben schon mit Fritze gerechnet, seine Mutter hat geahnt, wohin er will. Es gibt Abendessen. Lachs mit Sahnesauce. Fritze verträgt das nicht, aber er ißt ein bißchen. Lenas Vater schenkt ihm ein Glas Weißwein ein. Lena schaut scheu und sagt nicht viel. Fritze auch nicht. Ihr Vater erzählt, er kann gut Deutsch, aber Fritze versteht ihn nicht. In der Küche ist es schön. Ein großer Tisch aus Holz ohne Tischdecke mit Fransen. Schränke aus Metall unter einer Holzplatte. Ein Herd aus Edelstahl im Raum, wenn die Mutter die Speisen bereitet, kann sie mit den anderen sprechen. Sie ist schön wie Lena, aber sie spricht kein Deutsch.

Nach dem Essen muß sich Lena verabschieden. Ihr Vater muß mit Fritze reden, von Mann zu Mann, sagt er. Sie gehen in den Salon und sitzen in großen Ohrensesseln auf dicken Teppichen. Die Wände sind voller Bilder. Der Vater gießt Fritze noch Wein in das schwere Kristallglas. Lena ist seine einzige Tochter, sagt er, er liebt sie sehr, und er freut sich, daß Fritze sie so mag, er stößt mit Fritze an. Es ist aber alles zu früh, und es paßt nicht zusammen. Lena muß ihre Schule zu Ende bringen, sie muß sich sehr anstrengen. Danach kommt sie in die Schweiz, auf ein Internat, zum Finish, wie sagt man auf Deutsch. Dann wird sie heiraten, sie ist versprochen, aber natürlich nur, wenn sie noch will, wenn sie achtzehn ist. Sie darf dann selbst entscheiden. Wir haben eine Tradition zu bewahren, aber die Freiheit geht uns über alles. Aber erst ab achtzehn. Wenn Fritze so lange warten kann, will er sich nicht sperren, aber bis dahin kann er sie nicht treffen. Gegen Briefe ist aber nichts einzuwenden.

Er bringt Fritze in ein Hotel. Er hat mit den Eltern vereinbart, daß Fritze morgen nach Hannover fliegt, er bezahlt das, die Eltern werden ihn dort abholen. Wenn Fritze vernünftig ist, wird Lena mit zum Flughafen kommen. Sie darf sogar aus der Schule bleiben. Fritze sitzt auf dem Bett. Er öffnet die Schublade. Darin liegt eine Bibel. Er kann sie nicht lesen, sie ist in Schwedisch. An der Wand hängt ein großer Spiegel. Fritze zieht sich aus, und betrachtet sich von allen Seiten. Er stellt sich Lena nackt vor und beobachtet, wie er einen Steifen bekommt. Ich bin dir nicht gut genug, sagt Fritze zum Spiegel. Wenn du nur wüßtest, wer ich bin, dann würdest du mich wollen. Marmor, Stein und Eisen bricht, aber unsere Liebe nicht, sagt er ihr zum Abschied.

Lena hat dann tatsächlich den Versprochenen geheiratet, einen faden langen Blonden, am Tag nach Mittsommernacht. Fritze war zur Party eingeladen im Sommerhaus in den Schären, aber nicht zur Hochzeit. Lena hat zuviel getrunken und war ganz rot im Gesicht. Sie ist dann am frühen Morgen zu Fritze ins Etagenbett gekommen. Ein alter Brauch, hat sie gesagt und dumm gelacht. Sie hat auch nicht gut gerochen, säuerlich. Dann ist sie mit einem Rolls Royce abgeholt worden. Viel Glück, mein Engel, hat Fritze gesagt und ist noch ein wenig spazierengegangen. Dabei hat er wilde Erdbeeren gefunden, aber Lena hat er niemals wiedergesehen.

V. STATION

*Fritze wird Melancholiker und läßt
Klassenbücher schwimmen*

In Biologie wird die antike Humoralpathologie durchgenommen, die Lehre von den Säften des menschlichen Körpers und ihren Auswirkungen auf das Temperament. Fritze wird wach und überlegt, ob er Sanguiniker ist, blutig und lebensfroh, oder Phlegmatiker, zähschleimig und faul, oder Choleriker, gelbgallig und aufbrausend, oder Melancholiker, schwarzgallig und verdüstert wie Teja aus Ein Kampf um Rom. Aristoteles meinte in seinen Problemata Physica, sagt der Lehrer Schlumm, alle bedeutenden Männer in Wissenschaft, Künsten oder Politik seien Melancholiker. Vom Standpunkt der modernen Biologie ist das Unsinn. Die Lebenseinstellung eines Menschen ergibt sich erstens aus Erbanlagen und zweitens aus Erbanlagen minus Umwelteinflüssen. Dem Dekadenzfaktor des modernen Menschen ist durch Zucht, Ordnung und strenge Leibesübung zu begegnen. Besonders schädlich ist die Onanie. Abgesehen davon, daß der Mann nur circa fünftausend Schuß hat, also zum Zwecke der Arterhaltung ökonomisch damit umgehen soll, führt Onanie zu Impotenz, Schuldgefühlen und Traurigkeit, im schlimmen Fall zu Gehirnerweichung und Wahnsinn. Einem Gelüst ist durch kaltes Duschen entgegenzutreten. Beim weiblichen Geschlecht kommen Dekadenzerscheinungen von jeher stärker zum Tragen, da ist Hopfen und Malz verloren, wie sich insbesondere am Schminken, am Stöckelschuh und an der Pille zeigt. Wie es mit dem deutschen Volk weitergehen soll, fragt der Lehrer Fritze, wenn die deutsche Frau klumpfüßig denaturiert und wenn die Geburtenrate weiter sinkt. Fritze sagt, es regnet schon wieder, da hat man keine Lust zum Heldenzeugen. Der Lehrer trägt ins Klassenbuch ein, Friedrich schaut während des Unterrichts aus dem Fenster.

In Gemeinschaftskunde schreibt der Lehrer eine Statistik an die Tafel. Alkoholkonsum bei Schülern. Unter vierzehn Jahren, vierzehn Prozent Trinker, mit fünfzehn schon fünfundzwanzig Prozent, mit sechzehn fünfunddreißig und mit siebzehn neunundreißig Prozent. Was Fritze dazu sagt, fragt der Lehrer. Die Lage war noch nie so ernst, sagt Fritze, und wenn sie dann zur Bundeswehr kommen, saufen sie noch mehr. Was sollen sie auch anderes machen in diesem kalten Land ohne Krieg. Die anderen, sagt der Lehrer, es sind immer die anderen, und er selbst. Das geht Sie einen Dreck an, sagt Fritze.

Es regnet immer noch, und Fritze ist melancholisch. Er fährt mit dem Bus in die Stadt. Ihm gegenüber sitzt ein Mädchen mit schwarzen Haaren und grünen Augen. Es hat eine Decke auf dem Schoß, darauf liegt ein grünes Hundehalsband mit Leine. Das Mädchen schaut die Decke an und weint. Für alle, welche ein Verlust unheilbar kränkte, sagt Fritze, was hast du verloren. Maxi, sagt das Mädchen, unseren Dackel, und hält das Halsband hoch und muß lachen beim Weinen. Er war krank und hatte Pestodem, und keiner konnte ihn mehr riechen, da wurde er traurig und wollte nichts mehr fressen und mußte eingeschläfert werden. War es ein bedeutender Dackel, fragt Fritze. Der bedeutendste überhaupt, ich heiße Genia. Friedrich, sagt Fritze und guckt bedeutend in die grünen Augen, wir könnten in der Milchbar eine Cola zu Maxis Gedenken trinken und in der Juke Box C4 drücken. Heute nicht, sagt Genia, morgen, halb zwei, bin ich am Markt bei Arko.

Am nächsten Morgen beißt Fritze nur zweimal in sein Marmeladenbrot, nimmt seine Schultasche und geht in den Keller. Da hat er sich im Verschlag hinter der Treppe ein Lager eingerichtet mit Kerzen und einem selbstgebauten Tuner, mit dem man einwandfrei Radio Luxemburg empfangen kann. Er schläft bis zwölf. Dann kommt er von der Schule nach Hause. Der Adenauer ist zurückgetreten, sagt die Mutter. Mir egal, sagt Fritze, dann kommt eben eine andere Ami-Marionette. Er duscht und zieht sich an. Einen weißen Dreiecksslip und ein amerikanisches Unterhemd. Weiße Socken und ein weißes Hemd. Eine Levis 501 gerade mit Knöpfen, Romika-Leinen-Tennisschuhe, ein blauer Pullover übergeworfen und vorn locker verknotet. Es regnet nicht mehr, und Fritze nimmt sein Velo-Solex. Es hat noch die alte Form und ist das schnellste weit und breit. Aus Frankreich importiert und mittels Durchbohren des Schalldämpfers, Vergrößerung der Vergaserdüse und Verbesserung des Ventiltriebs heiß gemacht. Auf der Geraden läuft es glatte zweiundvierzig, am Berg schlafft es schnell ab, und man muß mittreten. Sehr effektvoll ist der Powerstart. Dafür jagt man den vor der Vordergabel angebrachten zylindrischen Motorblock unter feinfühliger Betätigung des Kompressionshebels im hochgeklappten Zustand auf volle Touren. Dann greift man entschlossen nach der schwarzen Bakkalit-Kugel des Klapphebels, löst die Einheit aus der Verankerung und drückt sie auf das Vorderrad. Da die Kraft über eine Rolle auf den Reifen übertragen wird, steigt eine kleine Wolke aus verbranntem Gummi auf, während das Velo-Solex vorwärts schießt. Dieses Gefährt ist durch seine schwarze Farbe und seine zweckwidrige Gestaltung formvollendeter Ausdruck existentialistischer Gesinnung, birgt jedoch einige Nachteile. Rationalistische Ignoranten halten es für eine Fehlkonstruktion. Auch Fritze muß zugeben, daß die Art des Antriebs, nicht nur bei nasser Straße, mangelhafte Traktion zur Folge hat, da zudem der Vorderreifen lediglich zwei

V. STATION

Längsrillen aufweist. Hinzu kommt, daß man bei stilgerechter Fahrweise die Füße nicht auf die Pedalen aufsetzt, sondern auf die darüber angebrachten Fußrasten an der unteren Krümmung des Rahmens, was den Schwerpunkt nach oben verlagert und sich folglich negativ auf die Straßenlage auswirkt.

Fritze biegt in gemessenem Tempo in die kopfsteingepflasterte Straße seitlich des Marktplatzes ein, das Hinterrad geht blitzartig ab, und Fritze rutscht unter dem Plärren des durchdrehenden Motors auf dem Hosenboden bis zum Rinnstein. C4 ist Komm gib mir deine Hand, sagt Genia und steigt auf den Rücksitz der Kreidler, Kleinkraftrad fünfzig Kubik, von Simon, dem affigen blonden Arztsohn.

Zu einer respektablen Biographie gehört neuerdings, daß man in seiner Jugend ein wilder Mopedfahrer war, zur Berichterstattung, daß man dies bezweifelt. Fritze besaß dieses einmalige Velo-Solex aber tatsächlich.

Geschmack ist Glückssache, sagt Fritze, steht auf, stellt das Solex ab und geht Kickern. Als Techniker mit besonderen Fähigkeiten im Durchspiel zwischen Mittel- und Dreierreihe bevorzugt er die alten Korkbälle. Da sich jedoch harte Plastikbälle immer mehr durchsetzen, ist erhöhte Übung vonnöten, um den Titel Der Unschlagbare vom Leineberg nicht einzubüßen. Beim Stande von 5:5 erscheint Genia. Fritze versäumt es, die Verteidiger zu stellen, und verliert das Spiel. Frauen, sagt Fritze. Genia will Fritze draußen was sagen, drückt ihm aber nur einen Kuß auf den Mund und verschwindet. War was, sagt der dicke Kaldasch. Alles unter Kontrolle, sagt Fritze. Willst du ein Bier, sagt Kaldasch. Ich trinke kein Bier, sagt Fritze und trinkt eins und dann noch eins und einen Ratzeputz, zur Desinfektion, sagt er, falls sie vorher die blonde Pfeife geküßt hat.

Friedrich verläßt seinen Platz und bewegt sich frei im Raum, steht im Klassenbuch der 10a. Das ist Eintragung Nummer siebzig, sagt der Lehrer König, ein Jubiläum, morgen ist Konferenz. Lehrer König ist Rollstuhlfahrer. Seine Lieblingsschüler dürfen ihn in sein Auto tragen. Fritze nicht, so weit kommt es noch, er mag keine Krüppel. Alle Klassenbücher stehen in einem Regal am Haupteingang neben der Hausmeisterloge. Fritze geht auf die Toilette und schiebt drei Kurzschlußstecker aus dem Physikraum in die Steckdosen. Es knistert. Fritze geht zum Hausmeister und meldet den Ausfall der Händetrockner. Der Hausmeister geht nachsehen. Fritze nimmt alle Klassenbücher ab der 10 aus dem Regal. Whow, sagt einer hinter ihm. Es ist Dietmar Lanz, die Intelligenzbestie. Er trägt Sandalen ohne Sokken, ausgefranste Jeans und einen Pullover bis an die Knie. Dietmar Lanz ist Existentialist und Beatnik und schon in der 12. Albert Camus, Mythos von Sisyphos, Allen Ginsberg, Howl, Jack Kerouac, On the Road, John Clellon- Holmes, The Horn, der sentimentale Lebensroman des Be-Bop-Saxophonisten Charlie Parker bilden die Grundlage seiner Weltanschauung, sagt er. Über Clellon-Holmes hat Fritze auf Vorschlag von Dietmar Lanz seine freie Arbeit in Deutsch geschrieben, was ihm mäßig gut bekommen ist. Alles, was in dem Buch und in Ihrer Arbeit steht, ist mir zutiefst widerwärtig, hatte Lehrer Schinke gesagt, da sie gut geschrieben ist, gebe ich Ihnen eine Vier. Die Besten unserer Generation sind zum Wahnsinn verdammt, sagt Dietmar Lanz in solchen Fällen.

Dietmar Lanz schlägt vor, die Klassenbücher nach Einbruch der Dunkelheit in den Schwänchenteich im Park zu werfen, dem symbolischen Zentrum des kleinstädtischen Spießerlebens, in dem die Familien sonntags spazierengehen. Da schwimmen aufgeschlagene Klassenbücher wie Seerosen.

An dieser Stelle hat Fritze das Photo aus dem Tageblatt eingeklebt. Außerdem den Bericht, daß bei einem Kabelbrand in der Schule ein erheblicher Schaden entstanden sei. Auf diese Heldentat scheint Fritze auch später noch stolz gewesen zu sein. Gleichzeitig beklagt er, daß ihm eine eigentlich schon verjährte Serie von Stinkbombenattentaten zur Last gelegt wurde.

Fritze fliegt von der Schule, obwohl er alle Taten leugnet. Whow, sagt Dietmar Lanz, du bist ein echter Outcast, das müssen wir feiern. Dietmar Lanz ist nie von der Schule geflogen, er hat eine Klasse übersprungen und die besten Noten. Er hat sich einen Beatkeller eingerichtet. Der ist schwarz gestrichen und hat eine Decke aus Eierpappen. Lanz und Fritze sitzen auf Kisten an einem alten Weinfaß. Aus dem Lautsprecher dröhnt Astronomy Domine von Pink Floyd. Es gibt Wodka mit Orangensaft, und Dietmar Lanz baut einen Joint. Für eine schöne Tüte klebt man zwei Blättchen Zigarettenpapier längs zusammen und eins quer davor. Darauf kommt etwas Tabak, und darüber wird in Silberpapier angewärmter Grüner Türke oder Schwarzer Afghane gekrümelt. Dann wird das Ganze konisch zusammengerollt und beleckt, damit das Papier nicht schneller verbrennt als der Stoff. In das verjüngte Ende kommt ein Filter aus der gerollten Deckpappe der Blättchenpackung. Am dicken Ende wird das überstehende Papier eingeklappt und dann beim Anzünden abgefackelt, um die initiale Brenntemperatur zu erhöhen. Außerdem ist das Einatmen des verbrannten Papiers gesundheitsschädlich. Nun formt man die Hände zu einer Höhlung, klemmt den Joint mit dem Mundstück nach innen zwischen den Ring- und den kleinen Finger einer Hand und atmet durch die Öffnung zwischen den beiden Daumen tief ein.

Whow, sagt Diemar Lanz. Nun ist Fritze dran. Er hustet heftig. Lanz lacht. Dann geht es besser. Am Ende schmeckt der Joint heiß und scharf. Fritze verbrennt sich und läßt den Stummel fallen. Der gute Stoff, sagt Dietmar Lanz, hebt den Rest auf und klemmt ihn zwischen zwei Streichhölzer und saugt den Rauch direkt ein. Fritze schließt die Augen und stöhnt. Was siehst du, fragt Lanz. Ich sitze auf einem weißen Stuhl auf einer Wiese am Waldrand. Neben mir schläft ein Lämmchen. Die Bäume rauschen im Abendwind, und ein Käuzchen ruft nach mir. Whow, sagt Dietmar Lanz, jesusmäßig. Ich sehe nie so was. Pink Floyd ist zu Ende, und Dietmar Lanz nimmt die Gitarre und singt den Blues. Ich bin sooo einsam, noch zweitausend Jahr bis nach Haus. Fritze ist eingeschlafen und will von der Kiste sinken. Dietmar Lanz rüttelt ihn. Fritze ist übel. Dietmar Lanz bringt gerade noch einen Schuhkarton unter das Erbrochene.

Fritze geht nach Hause. Die Nachtluft tut gut. Er will still in sein Bett gehen und nachdenken, aber er muß am Wohnzimmer vorbei. Auf der neuen senfgelben Couch mit den Teakholzlehnen liegt die Mutter unter einer Kamelhaar-Decke. Eine Kerze brennt und eine Flasche Kröver Nacktarsch Spätlese ist leer. Setz dich zu mir, mein Kleiner, sagt die Mutter. Mir ist nicht gut, sagt Fritze. Ich habe nicht mehr lange zu leben, sagt die Mutter, Wirbelsäulenschwund. Unsinn, sagt Fritze, du bist eine Katze. Du bist kalt, sagt die Mutter. Gib mir einen Wodka, ich habe Schmerzen. Fritze geht an Vaters Hausbar und trinkt Johnny Walker aus der Flasche. Daneben liegt der Zweitschlüssel für den Mercedes Benz 190 Heckflosse. Fritze ist schon besser. Er gibt der Mutter einen Moskowskaja aus, geht in sein Zimmer und durchs Fenster hinaus in die Freiheit. Er setzt den Benz vorsichtig aus dem Car Port. Gleich geht es in ein Waldstück, Kurven, dritter Gang, die Lenkradschaltung hakt, jetzt die lange Gerade hinunter in die Stadt, vierter Gang, es kracht dreimal. Schöne Bescherung, sagt der Polizist, eine Reihe abgeräumt, geschätzter Schaden hundertzwanzigtausend, und das ohne Führerschein. Schicksal, nuschelt Fritze. Keine Verletzungen, sagt der Arzt bei der Blutprobe, ein Wunder. Gottvertrauen, sagt Fritze. Fritze geht zu Dietmar Lanz. Sein Zimmer ist abgeschlossen. Als er aufmacht, ist Fritzes Schwester da. Im Bett ist Blut. Was ist los, sagt Fritze. Sie ist in einen Spiegel gefallen, sagt Dietmar Lanz. Auf der Erde liegen Spiegelscherben. Fritze nimmt eine in die Hand und schneidet sich den Arm auf. Idiot, sagt Dietmar Lanz. Fritze geht mit seiner Schwester nach Hause. Der Vater ist auf, die Polizei hat schon angerufen. Was hast du dir dabei gedacht, sagt er. Nichts, sagt Fritze. Die Schwester verschwindet im Zimmer und muß nichts sagen.

Fritze will Automechaniker werden. Die Eltern wollen, daß er Abitur macht. Fritzes Mutter war eine gute Schülerin und in Leibesübung die Beste. Manchmal erzählt sie von ihrem Sportlehrer. Sie mußte aber vor dem Abitur abgehen. Sie hat eine schöne Schrift und beherrscht die deutsche Rechtschreibung. Fritze hat eine Sauklaue, sagt sie. Fritzes Vater hat Notabitur gemacht, aber ihr Vater war Akademiker, sagt sie, und als Jurist ein hohes Tier. Ohne Abitur ist man ein Nichts, sagen die Eltern. Fritze soll aufs Corvinianum nach Südheim. Die nehmen keine relegierten Schüler, sagt die Mutter, aber sie hat mit dem Direktor geflirtet. Der hat im Krieg einen Arm verloren, sieht aber sehr gut aus. Sie hat sich mit ihm zu einem Glas Wein verabredet bei Potis, dem Griechen. Fritze muß früh aufstehen und mit dem Zug fahren. Willkommen bei den Fahrschülern, es wird Pfennigskat gespielt. Bei der Ankunft steht Fritze

560 im Plus, aber eine Runde Ramsch steht noch aus. Die wird im Bahnhofslokal ausgespielt. Fritze gewinnt zehn Mark achtzig und gibt eine Runde Bier mit Korn.

Das ist Ihr neuer Mitschüler, Herr Erpel, sagt der Mathematiklehrer Freund, wie Sie bemerken, führt er sich gut ein, zweiundzwanzig Minuten zu spät. Fritz heißt nicht Erpel und setzt sich in die letzte Bank, Zugverspätung, sagt er. Lehrer Freund schreibt ein t an die Tafel. Was sagt Ihnen das, Herr Erpel. Zeit, sagt Fritze. Und was ist Zeit. Eine Konstruktion zur Unterdrückung natürlicher Abläufe, sagt Fritze, eigentlich nichts. Und was ist das, sagt der Lehrer Freund und wirft mit einem Schlüsselbund. Fehlerhafte Ballistik, sagt Fritze. Wie Sie hören, sind wir um einen Schlauberger reicher, sagt der Lehrer Freund, von Mathematik versteht er aber nichts. Fritze muß pupsen, Unruhe in seiner Nachbarschaft. Lehrer Freund bittet um Rückerstattung der Schlüssel. Fritzes Nebenmann bringt sie mit zugehaltener Nase.

Nächste Stunde Kunst. Lichtbilder von florentinischen Palazzi. Fritze schläft sofort ein, er schläft immer ein, wenn Lichtbilder gezeigt werden. Dann Englisch, Grammatik-Test. Nelson wants every man to do his duty. Umformen! Fritze schreibt, Ricky Nelson wants, that every hippie is happy, und malt eine Blume dazu. Lehrer Bein geht durch die Reihen und verteilt Kopfnüsse. Leichte Schläge auf den Hinterkopf erhöhen die Intelligenz oder vernichten sie vollends. Nicht bei mir, sagt Fritze und hält Beins Hand fest. Der schlägt mit der anderen auf Fritzes Nase. Sie blutet. Fritze muß zum Direktor. Man wird hier nur mißhandelt, sagt Fritze und hält die Nase hoch, alles Monster. Sehe ich aus wie ein Ungeheuer, fragt der Direktor. Nein, sagt Fritze, wie der Torso vom Belvedere. Wie was. Der Direktor ist

Chemiker. Bildung ist hier nicht, sagt Fritze. Er steht auf, verabschiedet sich höflich und geht.

Fritze schläft sich aus, dann liest er an seinem Buch weiter. David Copperfield von Charles Dickens. David ist gerade seinem erbärmlichen Los als Arbeiter in der Fabrik des Ausbeuters Mordstone entronnen und zu Tante Betsey nach Dover geflüchtet. Nun kann er wieder hoffnungsvoller in die Zukunft blicken. Fritzes Mutter kommt von Potis zurück. Sie hat Wein getrunken und Ouzo. Sie kommt mit einer Reitpeitsche in Fritzes Zimmer und schlägt auf das Buch. Fritze nimmt die Reitpeitsche und geht zu Dietmar Lanz und sucht um Asyl nach. Der Abschied von den Eltern ist die Voraussetzung der Befreiung der Seelenkräfte und der Selbstwerdung, sagt Dietmar Lanz, Ginsbergs Mutter mußte in ein Heim und starb im Wahnsinn, da konnte er Kaddish schreiben. Dietmar Lanz wohnt bei seinen Eltern in einer Villa mit Park neben der Wäscherei Schneeweiß mit ihren geheimnisvollen Werkstätten und Kellern. Er darf sich Cola und Orangensaft aus dem Kühlschrank nehmen und frißt niemandem die Haare vom Kopf. Sein Vater ist Vorsitzender vom Elternbeirat und spendet für das Schulfest. Geld ist Freiheit, sagt Fritze. Nur, wenn es dir nichts bedeutet, sagt Dietmar Lanz, wir törnen uns mit einem Cocktail aus Veronal und Captagon und gehen ins Trou.

Dietmar Lanz tanzt. Er schüttelt die Beine mit den Klapperlatschen, wedelt mit den Armen und ruft in unregelmäßigen Abständen Huh und whow. Fritze sitzt an der Bar, trinkt Cola mit Bacardi und starrt auf die psychedelische Lightshow. Auf der Leinwand steigen bunte Blasen auf und ab, die durch die Impulse der Musik in einer auf einer Glasplatte befindlichen Emulsion unter dem Projektor erzeugt werden. Die Zeit des Zögerns ist vorbei, so komm, mein Herz, und zünde Feuer. Wie ist dir, fragt jemand. Müde, sagt Fritze, ohne sich umzusehen. Es ist Agnes, die Fleischerstochter mit dem blassen Gesicht unter den weißblonden Haaren, die Freundin von Wolfgang Jahns. Der mußte von der Schule abgehen und Schreiner lernen. Seitdem hat er einen Angsttraum, sagt Agnes. Er muß eine endlos lange Bohle über den Markplatz tragen, während alle Gymnasiasten vor Arko stehen und Kaffee trinken. Er will den Platz schnell überqueren, aber die Bohle eckt überall an, und er kommt nicht mehr vorwärts. Komm mit, sagt Agnes, und zerrt Fritze durch zwei Türen in einen Raum mit Flaschenkästen. Über der Tür glimmt ein blaues Licht. Agnes zieht Fritze die Hose runter, kniet nieder und nimmt seinen Schwanz in den Mund. Der wird steif und zuckt. Oh, sagt Agnes, zieht sich das Höschen aus und legt sich auf den Tisch. Komm rein, sagt sie. Es ist naß und weich und warm und geht ganz leicht. Agnes stöhnt und Fritze auch, und da ist es vorbei. Oh, oh, sagt Agnes, über hundert Meter bist du sicher langsamer, war das dein erstes Mal. So ungefähr, sagt Fritze. Toll, sagt Agnes, wie fühlst du dich. Wie ein rollender Stein, sagt Fritze, laß uns tanzen gehen.

Bei Chubby Checkers Twist stellt man ein Bein vor und dreht es auf dem Absatz hin und her, als wolle man eine Zigarette austreten. Die Drehung des Oberkörpers erfolgt je in der Gegenrichtung mit angewinkelt rudernden Armen. Der Höhepunkt besteht darin, unter Beibehaltung der Bewegung in die Knie zu gehen und den Oberkörper unter fortgesetztem Armrudern so weit zurückzulehnen, wie es im Vermögen der Bauchmuskulatur steht. Diese Figur ist dem Limbo entlehnt. Fritze fällt auf den Rücken und rudert weiter, Agnes lacht. Twist ist spießig, sagt Dietmar Lanz, du mußt es frei fließen lassen. Mit Agnes gibt es dann noch schöne, länger andauernde Vorfälle. Einmal bekommt sie ihre Tage nicht, nimmt aber ein heißes Bad. Was wäre gewesen, wenn ich schwanger geblieben wäre, fragt sie Fritze. Weiß nicht, sagt Fritze. Später hat sie Wolfgang Jahns geheiratet. Der war inzwischen Musiker geworden und hatte einen Hit komponiert, der in vierzig Ländern die Nummer eins war. Eigentlich war er für Rhythm & Blues und wollte der deutsche Chuck Berry werden. Der zweite Hit wollte nicht gelingen, dafür wurde sein erstes Lied von fröhlichen Musikanten parodiert. Da verdiente er noch an der Melodie. Dann hatte er eine Erleuchtung und wurde Asket und Körnerfresser und ging im Büßergewand einher. Sein Sohn trug später lieber Maßanzüge. Da ließ sich Agnes scheiden und wurde Galeristin.

Billiger Hochmut, sagt Genia, und nur dein Schaden. Ohne Abitur geht gar nichts, da gehörst du zum Pöbel. Genias Vater ist Privatdozent für Musik und zitiert gern Karl Kraus. Was der Narr denkt, ist der Psycholog, soll Fritze sich merken. Der Fideldoktor, sagt Fritzes Vater. Genia geht auf das altsprachliche Gymnasium, und in Deutsch lesen sie Hegels Phänomenologie des Geistes und wie man den mit Marx vom Kopf auf die Füße stellt. Redet schlau daher, aber ist flach wie ein Brett, sagt Fritzes Mutter. Nur in geistiger Arbeit lebt man heute unentfremdet, sagt Genia. Ach was, sagt Fritze, nimmt seine Bowling-Kugel aus der Tasche und poliert sie mit einem weichen Lappen. Sie ist blau marmoriert und siebzehn Pfund schwer, ein sogenannter Fingerball, eine Spezialanfertigung für Fritzes große Hände. Zwei kleine Löcher für Mittel- und Ringfinger sind darin in einem solchen Abstand zum größeren und tieferen Daumenloch eingelassen, daß sie bei vollständiger Versenkung des Daumens lediglich die Kuppen der beiden anderen Finger aufnehmen. Dies gibt der Kugel nur wenig Halt, hat jedoch nach entsprechender Übung den Vorteil, daß man den besonders spektakulären und effektiven Hakenwurf ausführen kann. Für diesen hält man die Kugel am Startpunkt der Anlaufbahn zunächst mit beiden Händen vor der Brust. Während des Drei-Schritt-Anlaufs schwingt man sie mit gestrecktem Wurfarm nach hinten und derart wieder nach vorn, daß die Kugel die Hand unter Ausnutzung der vollen Bewegungsenergie in dem Moment verläßt, in dem man vor der Foullinie der Bahn unter leichter Kniebeugung auf dem Spielbein zum Stehen kommt und sich mit Kugelabgang aufrichtet. Auf einem Bein stehend, beobachtet man nun den Kugelverlauf. Der Hakenball bewegt sich zunächst gradlinig parallel zum Bahnrand, bei nachlassendem Schub aber wird der durch die Fingerballtechnik bewirkte Drall sichtbar, und die Kugel bewegt sich wie magisch zur Bahnmitte. Im Idealfall trifft man die beiden vorderen der zehn dreicksförmig aufgestellten Kegel zur gleichen Zeit, woraufhin in Folge einer Kettenreaktion alle zehn Kegel mit einem satten, harmonischen Krachen im schwarzen Schlund der automatischen Aufstellanlage der Firma Brunswick verschwinden.

Strike, sagt Fritze. Genia malt das erste der beiden kleinen Quadrate, die sich in jedem der zehn Durchgangsfelder des Spielbogens befinden, schwarz aus. Ernsthaft willst du dich ja nicht unterhalten, sagt Genia. Doch nicht beim Bowling, sagt Fritze und trocknet sich die Finger am verchromten Föhn des Kugelfangs und drückt auf den Knopf, der mittels einer am Zähltisch befindlichen Lampe die Bedienung herbeiruft. Zur Erzielung hoher Punktwerte, maximal sind dreihundert möglich, ist es erforderlich, die Pins innerhalb der zwei zulässigen Würfe eines jeden Durchgangs vollständig abzuräumen. Gelingt das mit einem Wurf, werden 10 plus die Summe der beiden nächsten Würfe berechnet, andernfalls nur 10 plus die Anzahl der abgeräumten Pins des nächsten Wurfs. Wenn nicht abgeräumt worden ist, wird nur die einfache Kegelanzahl berechnet. Neun, sagt Fritze. Irgendwas mußt du unternehmen, sagt Genia. Spare, sagt Fritze und bestellt ein Cola-Rum. Gemogelt, sagt Genia, trägt einen Strich ein, und schreibt 19 ins erste Durchgangsfeld und 28 ins zweite. In Amerika kann man Bowling-Profi werden, sagt Fritze, im Geiste bin ich schon in Carolina. Da bist du dann der Größte, sagt Genia, gehst mit Cassius Clay einen trinken, und alle amerikanischen Torten jubeln dir zu.

Hier hat Fritze seine besten Serien eingeklebt. Sein Rekord war 282. Für eine Profikarriere ist ein Schnitt ab 210 erforderlich.

VI. STATION

*Fritze geht nach Berlin und lernt
Höllenengel kennen*

Heute abend soll es endlich passieren, Genias Eltern sind bei den Donaueschinger Musiktagen. Genia ist noch Jungfrau. Sich von einem Hergelaufenen deflorieren zu lassen ist stillos, sagt sie. Sie hat sich die Augen geheimnisvoll schwarz geschminkt und trägt ein Negligé und darunter nur ein orangefarbenes Fetzchen mit einem doppelten Knoten an der Seite unter den vorstehenden Hüftknochen. Darunter lockt Schwärze. Es läuft Nights in white Satin von den Moody Blues, Kerzen brennen, und Genia bringt zwei Gläser Henkell Trocken. Komme nie ganz zuend, singt Fritze und macht den zweiten Knoten auf. Da steht der Privatdozent im Zimmer und brüllt, Fritze hat zwei Minuten, sich anzuziehen und zu verschwinden. Er soll durchs Fenster, sagt Genia, aber das verbietet der Gothenstolz. Wortlos und aufrecht verläßt er die Wohnung und schaut nicht zurück. Auf der Schwelle erhält er einen Arschtritt und stolpert die Treppe hinunter. Auf dem Heimweg ist Fritze vergnügt. Später ist es doch noch passiert. Im Studentenheim in Schlachtensee zu den Doors. Genia hat es gar nicht weh getan, und sie ist gleich eingeschlafen in der warmen Sommernacht. Fritze konnte nicht schlafen und hat ihren blau schimmernden bleichen Leib betrachtet und ein rätselhaftes Genügen daran gefunden.

Die Oma ist im katholischen Altenheim. Mit den anderen Frauen will sie nichts zu tun haben. Sie hat einen Fernseher, und Fritze guckt bei ihr Fußball und trinkt Verpoorten Eierlikör, und wenn der alle ist, Klosterfrau Melissengeist. Die Oma liest Das grüne Blatt. Soraya hat dem Schah von Persien keine Kinder geboren. Der ist sowieso bald am Ende, sagt Fritze, und was ist mit Gracia Patricia alias Grace Kelly und Fürst Rainier. Die Oma hat es vergessen. Fritze erzählt der Oma die Geschichte von Jacqueline Kennedy und Onassis. Wie sie an der Reeling seiner Yacht stehen und man unten die Ruder und die behaarten Arme von den Galeerensklaven sieht, und Jacqueline fragt, stimmt das eigentlich, daß du deine Angestellten ausbeutest. I wo, sagt Onassis ganz braungebrannt. Komisch, dasselbe hat mich Maria Callas schon gefragt. Dabei hast du gar nicht diese dicken haarigen Beine wie sie. Dafür kann ich nicht singen, sagt Jacqueline Kennedy. Ich meine, ist doch furchtbar, die schöne Jacqueline und der häßliche alte Kerl. Die Oma schüttelt den Kopf und lacht nicht und sagt auch nicht, du bist Kasper. Sie hat keinen grauen Knoten mehr, sondern eine lila Dauerwelle. Sieht gut aus, sagt Fritze. Dann erzählt Fritze noch die Geschichte von den Gammlern auf der Wiese im Park. Ein Lehrer mit Aktentasche kommt und sagt, Rumliegen und nichts tun, das haben wir gerne. Wir auch, sagen die Gammler. Ne, ne, als der Opa noch lebte, sagt die Oma, da gab es so was nicht. Sie schaut zum Fenster hinaus. Fritze hat den Führerschein bestanden, und die Oma geht an die Plastiktüte, die sie hinter den Schrank geklebt hat, und gibt ihm das Geld für den gebrauchten Lloyd Alexander TS mit Zweifarbenlackierung grauweiß. Der hat noch Kettenantrieb, mit dem auch die Zündung gesteuert wird. Wenn man die Kette um einen Zahn verschiebt, geht der Alexander ab wie Schmidts Katze, verbraucht aber mehr Sprit und macht einen Höllenlärm.

Genia hat wenig Zeit für Fritze. Sie muß fürs Abitur lernen, in Latein ist sie nicht so gut. Fritze geht auf ein Fest in der Burse. Es wird Zickenjazz gespielt, grauenhaft, sagt Fritze, trinkt ein Bier und schaut angewidert auf die Tanzfläche. Genia tanzt mit Christian Murrhahn, genannt das Moorhuhn, Physikstudent, ein weibischer Blödmann, der sich gewählt ausdrückt und immer von Prousts Suche nach der verlorenen Zeit erzählt. Tödliches Zeug, sagt Fritze zu Genia, bis der mit der Beschreibung des Kartoffelsalats fertig ist, ist man schon zu Staub zerfallen. Jetzt steht das Moorhuhn mit Genia in der Ecke und quasselt auf sie ein. Von der Decke tropft es ihm auf den Kopf. Als er das merkt, steht Fritze dabei und sagt, wußte ich doch, daß du ein Stalagmit bist. Witzbold, sagt das Moorhuhn und wischt sich über den Kopf. Schwuchtel, sagt Fritze und gießt ihm ein halbes Bier darüber. Du bist peinlich, sagt Genia. Fritze geht an die Bar und trinkt ein Bier und einen Korn. Genia und das Moorhuhn gehen. Fritze stürzt noch ein Bier. Noch eins, fragt der Keeper. Ne, sagt Fritze, die Schweinemusik bringt einen um, ehe man sich totsaufen kann. Fritze steigt in den Alexander TS. Er fährt den Weg zu Genia. Die beiden gehen Arm in Arm. Fritze hält und macht die Tür auf, steig ein! Nein, sagt Genia, und die beiden gehen weiter. Fritze würgt den Motor ab. Er läßt den Alexander mitten auf der Straße stehen und läuft ihnen nach. Komm jetzt mit, sagt Fritze. Genia gibt auf. Fritze bringt Genia nach Hause, sie schweigt und Fritze auch. Vor dem Haus sagt Fritze, du bist die einzige, der ich vertraut habe. Kitsch, sagt Genia, Seelenzirkus, und läßt ihn stehen. Der Privatdozent steckt den Kopf aus dem Fenster. Fritze geht. Beim Alexander TS steht die Polizei. Fritze geht vorbei ins Trou, zu den Existentialisten. Dietmar Lanz ist da. Er erzählt Fritze, daß er sich mal beim Open Air Concert auf Fehmarn mit Genia den Schlafsack geteilt hat. Passiert ist aber nichts, obwohl er wollte. Die ist rein, sagt Dietmar Lanz, eine Neoplatinistin. Neoplatitüden, sagt Fritze. Sie trinken Wodka mit

Orangensaft. Sie haben kein Geld mehr. Da kommt der schwule Schneider Hesse, der aussieht wie Dracula. Sein Bruder spielt in Fritzes Fußballmannschaft. Mein warmer Bruder, das schwule Schwein, sagt der immer. Schneider Hesse schläft am Tag und arbeitet nachts oder geht aus. Er lädt sie zu sich ein. Es gibt Bols grün mit Wodka und Orangensaft und Erdnußflips. Später läßt sich Dietmar Lanz vom Schneider Hesse einen blasen. Fritze flüchtet. Spießer, ruft Dietmar Lanz noch. Der Schneider Hesse wurde später in einem schäbigen Hotel in Hamburg ermordet aufgefunden. Da tat er Fritze leid, er war eigentlich ein netter Kerl.

Fritze fährt mit der Oma nach Berlin, damit sie mal rauskommt. Bei der Grenzkontrolle in Marienborn hat die Oma Angst. Haben Sie Waffen dabei, fragt der Grenzer. Wieso, sagt Fritze, braucht man die hier. Da kommt der Alexander TS in den Schuppen und wird durchsucht. Fritze sagt, das wird Folgen haben, er hat Beziehungen zum Politbüro und von so einem kleinen Arsch läßt er sich nichts bieten. Die Oma muß alle ihre Sachen selbst wieder einpacken. Sie weint. Fritze wütet, in die Scheiß-Ostzone will er überhaupt nicht, da können die Preußen von ihm aus auf der Seuchenmatte verrecken. Er geht auf den Grenzer los. Der zieht die Pistole. Fritze soll einsteigen und weiterfahren. Der Russenschrott funktioniert doch sowieso nicht, schreit Fritze und läßt den Alexander aufheulen. Auf der Fahrt versägt Fritze einen Trabanten nach dem anderen. Plaste und Elaste aus Schkopau, liest er der Oma vor, so ist der ganze Staat. Ne, ne, sagt die Oma, als der Opa noch lebte. In Babelsberg wird Fritze durchgewinkt. Fritze reißt die Tür auf und brüllt, Arschkriecher. Dabei knallt die Tür nach hinten. Beim Lloyd gehen die Türen nämlich nach vorn auf.

Wer noch die Mühsal des Transits kennt, wird solche Anekdoten aus dem Heldenleben der Nachkriegszeit bezweifeln. Das Motiv leuchtet aber ein. Wenn ich heute die verwitterten Kontrollpunkte passiere, denke ich manchmal mit Scham daran, wie unterwürfig sich der Transitreisende gewöhnlich verhielt.

In Berlin geht Fritze mit der Oma auf den Kurfürstendamm und in den Zoo und zum Café Kranzler, wo die kuchenfressenden Pelztiere sind, sagt Fritze. Die Oma lacht nicht und sagt nicht, du bist Kasper, und ihr schmeckt die Schwarzwälder Kirschtorte nicht, und ihr gefällt es nicht in Berlin und auch nicht im Zoo. Die ollen Tiere, sagt sie. Morgen früh will sie noch in die Kirche und dann wieder zurück ins Heim. Auf der Rückfahrt ist der Oma nicht gut, sie hat Hitze, und dann muß sie ins Krankenhaus. Fritze besucht sie jeden Tag, aber es geht ihr nicht besser. Sie erkennt ihren Sohn nicht mehr, nur noch Fritze und seine Mutter. Sie wird sterben, sagt der Arzt. Als sie stirbt, sollen alle rausgehen, nur Fritze nicht. Die Oma hat kalten Schweiß. Sie betet. O, wasch mich rein in Deinem Blut, immer lauter und immer noch mal, hundert mal. Sei ruhig, sagt Fritze, Blut wäscht nicht rein. Da ist die Oma tot, und Fritze tut es leid. Es ist vollbracht, sagt er zu den Eltern. Er geht zu Walterchen und trinkt drei Asbach-Cola und einen Eierlikör zum Gedenken. Klosterfrau Melissengeist gibt es bei Walterchen nicht.

Fritze hat Verhandlung mit seinen Eltern. Er soll sagen, was er eigentlich will. Meine Ruhe, sagt Fritze. Der Vater schaut zum Himmel und hebt die Hände, solange du die Beine unter meinen Tisch streckst, gibt es keine Ruhe. Da ist die Verhandlung zu Ende und ergibt nur, daß der Alexander TS nicht mehr finanziert wird, zumal Fritze trinkt. Die BP-Tankstelle will ihn kaufen und grün-weiß lackiert als Werbung benutzen. Schade um das schöne Stück, sagt Fritze. Er macht noch eine Spritztour mit Dietmar Lanz, einer Tankstelle Benzin schenken ist absurd, sagt der. Vorher rauchen sie einen Joint. Fritze läßt den Alexander ein bißchen driften und hinten auf beiden Seiten die Mauer entlangschrammen. Da will der Tankstellenpächter nur noch zweihundert Mark geben. Sie einigen sich auf zweihundertfünfzig.

Fritze geht mit Dietmar Lanz in die Kupferkanne. Ein bürgerliches Vergnügen, sagt Dietmar Lanz. Er studiert jetzt Publizistik und Soziologie und ist zum Buddhismus konvertiert, er hat eine Gärtnerin geheiratet mit einer Zeremonie. Sie bestellen eine Flasche Sekt für hundertzwanzig und noch zwei Herrengedecke für je zwanzig. Auf der Bühne zieht sich eine Dicke aus. Sie dürfen mal in die Speckhüften kneifen. Dann werden sie wegen hysterischen Gelächters des Lokals verwiesen. Fritze winkt zum Abschied mit den restlichen Geldscheinen. Fritze hat Dietmar Lanz nur noch einmal gesehen, viele Jahre später. Da hat er in einer Kreuzberger Kneipe den Blues gejault, und die Leute haben ihm Bier gekauft, damit er aufhört. Er ist immer noch Gammler, hat er gesagt, nur im Sommer arbeitet er ab zu beim Gartenbauamt.

Fritze soll für ein paar Wochen zu Bär und Stine nach Berlin, das sind Freunde von den Eltern, vielleicht können die ihn zur Vernunft bringen. Bär heißt so, weil er brummt, besonders, wenn Stine sich neue Sachen kauft. Er ist meistens im Keller und restauriert alte Motorräder. Fritze darf eine Puch von 1931 fahren, 250 Kubik Zweitakter mit Ladepumpe und wassergekühltem Doppelkolben, die erste Maschine, die beim Großen Preis von Deutschland auf dem Nürburgring die bis dahin unbezwingbaren Engländer schlagen konnte. Also was für Sieger, sagt Fritze. Fritze fährt mit Stine Baden zum Halensee und Sekttrinken ins Café Möhring. Stine lacht viel und hält sich auf dem Sozius an Fritze fest, und er spürt ihre kleinen festen Brüste an seinem Rücken, und eines Nachts kommt Stine in Fritzes Bett und hat nichts an und ist warm und glatt und zittert ein bißchen und die Nippel an ihren Brüsten sind ganz steif. Fritzes Schwanz auch, und er geht ganz leicht rein, und Stine kriegt eine Gänsehaut und hält sich den Mund zu. Nebenan schnarcht Bär.

Bär geht mit Fritze zu seiner alten Penne, da hab selbst ick Dussel det Abi jeschafft, sagt er. Es ist die Luise-Henriette-Schule in der Germaniastraße in Tempelhof, die immer bei Jugend trainiert für Olympia gewinnt. Der Direktor heißt Schilling und ist tatsächlich ein netter Mensch, obwohl Naturwissenschaftler wie der Torso vom Corvinianum in Südheim. Er holt Frau Pilokat dazu, die Deutschlehrerin, eine winzige Person mit durchscheinender Haut und einem feinen Stimmchen. Sie gibt Fritze die Hand und schaut ihm mitten zwischen die Augen, und die beiden stehen so eine Weile, und Bär und Direktor Schilling wundern sich. Direktor Schilling sagt, ob wir uns nicht setzen wollen, und Fritze soll mal erzählen. Da erzählt Fritze die ganze unendliche Lästigkeit seines Schulscheins, aber alle paar Minuten gibt es eine Pause, weil die Luise-Henriette-Schule direkt in der Einflugschneise vom Flughafen Tempelhof liegt. Dann mustert Frau Pilokat Fritze mit ihren warmen Mäuseaugen. Direktor Schilling sagt, wenn Fritze hier anfängt, dann muß er den Schülerbogen anfordern, und der wird keine schöne Lektüre sein. Er schaut Frau Pilokat an und macht Fritze einen Vorschlag, wenn der Schülerbogen kommt, liest er ihn gar nicht, er verschwindet auf mysteriöse Weise. Frau Pilokat lächelt und ist ganz stolz auf Direktor Schilling. Das ist natürlich ein Pakt, sagt

VI. STATION

der, was Fritzes Teil ist, wird er wissen. Ja, sagt Fritze, er fühlt sich wie David Copperfield, als ihn Tante Betsey in die wunderbare Schule des Dr. Strong in Canterbury gebracht hatte. David wurde dann noch Parlamentsjournalist und Schriftsteller wie Dickens selbst, und der hat seiner Schule in dem Roman ein Denkmal gesetzt. Falls Fritze Schriftsteller wird, dann will er was über die Luise-Henriette-Schule in der Germaniastraße in Tempelhof schreiben. Ich bin also Dr. Strong, sagt Direktor Schilling zu Frau Pilokat. Ja, sagt die, Schriftsteller ist gut, aber Lehrer auch, Hölderlin war beides. Ja, sagt Fritze, aber der war auf dem Tübinger Stift, die protestantische Härte, und er hatte die bescheuerte Beziehung zu Susette Gontard, die mit dem Bankier verheiratet war, und darüber ist er verrückt geworden. Weh mir, wo nehm ich, wenn es Winter, die Blumen, und wo den Sonnenschein. Die Mauern stehn, sprachlos und kalt, im Winde klirren die Fahnen. Na, kiek ma eena an, sagt Bär. Da wäre sie nicht so sicher, sagt Frau Pilokat, und Direktor Schilling sagt, darüber können sich die beiden im Unterricht streiten. Prost, Mahlzeit, sagt Bär. Er ist Pharmakologe und war auf dem naturwissenschaftlichen Zweig. Also, dann bis Montag in zwei Wochen, erste Stunde, sagt Frau Pilokat.

Das ist der Abschied von den Eltern, wird Zeit, sagt Fritze, und mit Genia wird es sich finden. Sie will sowieso auch nach Berlin. Bär besorgt Fritze ein Zimmer am Attilaplatz bei Frau Schröder, einer Witwe. Das Zimmer ist groß und hat einen Kachelofen. Des verblichenen Herrn Schröders Schreibtisch steht darin, ein Schrank aus gedunkelter Eiche und ein hölzernes Bett, das quietschen wird, wenn Stine nach der Schule Fritze besucht, um nachzusehen, ob er keinen Unsinn treibt. Frau Schröder heizt den Kachelofen und macht das Bett und breitet eine Brokatdecke darüber und stellt Fritze abends eine Schale gezuckerte Erdbeeren hin. Fritzes Eltern haben ihm dreihundert Mark pro Monat bewilligt. Hundertzwanzig kostet das Zimmer, zwanzig die Monatskarte für die U-Bahn, neunzig das Abonnement für das Mittagessen in der Kantine vom Bezirksamt, dreißig sind für Zigaretten einzuplanen, bleiben vierzig für alle anderen Ausgaben. Geht ja gar nicht, sagt Fritze und kauft ein Flasche Silberadler für drei Mark fünfzig und eine Tüte Salzstangen für eine Mark. Stine kommt, und das Bett quietscht. Fritze hat vergessen abzuschließen, weil Stine sich ausgezogen hat, kaum daß sie im Zimmer stand, und nun steht Frau Schröder da, als Bildsäule. Dann geht sie und knallt die Tür. Stine hofft, nicht erkannt worden zu sein, aber vergebens. Als sie nach Hause kommt, weiß Bär schon alles. Fritze ist ein Schwein und Stine eine Hure, sagt Bär, und Frau Schröder sagt, das Bett faßt sie nicht mehr an. Erdbeeren gibt es keine mehr und auch keine Stine. Im Zimmer ist es kalt. Später haben sich Bär und Stine scheiden lassen müssen, weil Stine auf einer Fortbildung einen Jungen kennengelernt hatte, der war zwanzig Jahre jünger als sie, aber man sah es kaum. Bär sah dann ganz alt aus.

Fritze fährt zum Milli Vanilli nach Charlottenburg. Bleib auf der Schiene, wie eine Sex-Maschine. Fritze peilt die Lage, soweit es die Beleuchtung erlaubt. An der Bar sitzt eine Brünette, Minirock aus rotem Leder, knappes Blüschen, kein BH, geschminkt wie Liza Minelli in Cabaret. Was nützt dir das Sitzen alleine zu Haus, komm, hör der Musik zu, Leben ist Kabarett, mein Freund. Fritze bestellt einen Gin Tonic und fragt, ob sie auch einen will. Sie will, macht neun Mark, zehn, stimmt so. Nur noch sechsundzwanzigfünfzig. Liza heißt Veronika und jobbt so herum, sagt sie, Bernd, der Disc-Jockey ist ihr Freund. Sie tanzen. Fritze fragt, ob sie Lust auf einen Joint hat. Fritze hat noch ein kleines

VI. STATION

Piece, das ihm Dietmar Lanz als Wegzehrung mitgegeben hat. Sie sitzen auf den Stufen hinter der Tanzfläche, und Fritze baut den bewährten Dreier. Veronika will noch einen Gin Tonic. Einundzwanzigfünfzig. Ich bin niemals nicht zufrieden. Sie tanzen. Bernd lächelt. Ob Fritze mit ihr nach oben gehen will, fragt Veronika. Oben. Veronika wohnt gleich drüber, man spürt noch die Bässe. Ein Appartement in hellem norwegischen Holz, eine kleine Küche mit Bar im Zimmer, ein Bad, im kleinen Flur ein großer Stapel weiße Handtücher. Geh duschen, sagt Veronika. Was sagt Bernd dazu. Der hat nichts zu sagen, sagt Veronika. Fritze duscht, und Veronika schlüpft in die Kabine. Sie seift Fritze ein, besonders sein Teil. Noch naß legt sie sich flach aufs Bett und sagt, komm rein. Sie bleibt die ganze Zeit ruhig liegen, nur am Ende gibt sie einen Laut von sich wie Jammer. Du bist traurig, sagt Fritze, warum. Ach, sagt sie, was du nicht sagst.

Bernd kommt. Fritze zieht sich an. Bernd legt Creedence Clearwater Revival auf. Ich hörte es im Weinberg. Schöner einfacher Rock'n'Roll, sagt er, das reinigt die Ohren nach all dem Zeug mit zugekleistertem Background. Bernd nimmt ein Briefchen aus der Tasche, öffnet es und probiert den Inhalt vorsichtig mit der Zungenspitze. Unvermischtes kolumbianisches Koks ist betörend weiß. Man nimmt eine gute Prise pro Person und hackt dieselbe mit einer Rasierklinge auf einem fettfreien Spiegel zu staubiger Konsistenz, jedenfalls so lange, wie die Geduld reicht. Nun teilt man das Pulver in zwei gleiche Mengen und formt sie zu zwei Linien. Dann nimmt man einen zusammengerollten, trockenen Geldschein und saugt die Linien zügig, aber nicht ruckartig durch die Nase ein. Bernd saugt je ein Drittel der Linien ab und schnieft. Fritze saugt die beiden nächsten Drittel und schnieft, Veronika die letzten. Sogleich stellt sich ein taubes, aber klares Gefühl in der Nasen- und Stirnhöhlengegend ein. In der Folge treten verschiedenartige Befindlichkeiten auf. Es kommt zu körperlichem Wohlbefinden und kristalliner Wachheit, zu einer Erhöhung der Alkoholverträglichkeit, zur Verstärkung des Selbstwertempfindens. Fritze quatscht über sein Leben, seine abenteuerliche Flucht aus dem Osten unter den Schüssen der Grenzer. Nun hat er alles im Griff. Und Bernd quatscht über Musik und darüber, daß alle anderen keine Ahnung haben. Veronika schweigt.

Fritze will nicht im Bad schlafen und geht zu Fuß zum Attilaplatz. Er fröstelt im trüben Montagmorgenlicht. Es nieselt, und Fritze geht dicht an den grauen Häuserwänden. Das Geräusch des Kehrwagens schmerzt in den Ohren. Auf dem Ku-Damm begegnen die letzten Kneipengänger den Leuten, die zur Arbeit gehen. In Halensee und Dahlem brennt kein Licht in den Häusern der Reichen. Er bleibt vor dem Tor einer Villa mit Park stehen. Sie wird gerade renoviert. Zwei geflügelte Löwen bewachen sie. Wenn das Haus fertig ist, kommt der Tod, sagt Fritze. In Steglitz ist es schon betriebsam, die meisten tragen Aktentaschen. In Tempelhof geht Fritze an Stines Haus vorbei. Ich liebte ein Mädchen in Tempelhof, die war sehr nett, doch auch sehr doof, singt Fritze vor sich hin. Er glaubt, ihren Schatten im Badezimmerfenster zu sehen. Auf dem Treppenflur zu seiner Wohnung trifft er Frau Schröder. Sie blickt an ihm vorbei. Fritze ist naß bis auf die Haut. Er trocknet sich ab, zieht sich um und geht zur Schule. Sie sehen schlecht aus, sagt Frau Pilokat, als sie ihm die längs gefalteten Blätter für den Deutsch-Aufsatz gibt. Thema ist Bildung und gesellschaftliche Verantwortung. Fritze führt aus, daß Bildung progressiv betrachtet werden muß. Der progressive Gebildete hat Kaderfunktion, und Bewußtseinsveränderung muß von den Metropolen aus bis in den letzten Winkel der Provinz getragen werden. Natürlich ist nicht die autoritäre Schulweisheit gemeint, sondern die Fähigkeit zur Selbstverwirklichung. Bildung hat viele irre gemacht, man glaubt, was einem beigebracht, sagte schon der Visionär William Blake. Frau Pilokat schaut ihm über die Schulter und schüttelt den kleinen Kopf.

Fritze schläft bis zehn Uhr abends und fährt dann zu Natubs. Es gibt eine Performance. Sie heißt: Grützke schminkt sie krank. Man kann sich aussuchen, ob man Tuberkulose, Gelbsucht, Anämie, Masern oder Bluthochdruck möchte. Fritze trinkt zwei Asbach-Cola, und es geht ihm besser. Grützke fragt, ob er Lust auf Pfeiffersches Drüsenfieber hat. Danke nein, sagt Fritze, ich muß los. Nervöse Unruhe hat er nicht im Programm, sagt Grützke. Fritze steht unschlüssig vor dem Milli Vanilli an. Als er an der Bar sitzt, geht Bernd vorbei und zischt, Verzieh dich, schnell! Zu spät. Zwei Engel nähern sich in breitbeinigem Gang. Fritze soll mitkommen nach oben, sonst knallt es. Die Höllenengel geleiten ihn in Veronikas Appartement. Sie ist nicht da. Veronika ist für sie gelaufen, sagen die schwarzen Herren, und jetzt hat sie in den Sack gehauen. Da ist Fritze dran schuld. Er soll zehn Mille blättern, dann passiert ihr nichts und ihm auch nicht, und er hat sie weg, da kriegt er das leicht wieder rein. Fritze sagt, er hat genau einundzwanzig Mark fünfzig, und er kauft nichts, und er versteht kein Wort und hat mit nichts was zu tun. Die Engel sagen, man kann sich auch ganz anders unterhalten, aber sie machen ihm ein faires Angebot. Er kann Koks verticken, bis er es abgearbeitet hat, dann ist die Sache vergessen. Ne, sagt Fritze, mit Drogen will er nichts zu tun haben. Die Engel lachen gutmütig, hat er doch schon, und das muß man ja nicht gleich den Bullen erzählen, ein Brief an die gute alte Luise-Henriette-

Schule in der Germaniastraße in Tempelhof wäre auch ein schönes Argument. Verstehe, sagt Fritze, und wie soll das laufen. Fritze kriegt eine chiffrierte Adressenkartei, man kann sie in jeder Telephonzelle entziffern, und eine Partie, die muß zwölf Große bringen, danach ist diese Chose erledigt. Wenn Fritze nicht spurt, dann ist er erledigt. Wenn alles glatt geht, kann er noch eine Partie haben gegen neun, der Rest ist dann sein Ding.

Fritze hat jetzt Mirja kennengelernt. Er hat sie schon oft bei Natubs gesehen, aber sie hat ihn nie beachtet. Sie ist erst fünfzehn und sieht aus wie eine Apache. Sie trägt eine Fransenlederjacke und ein Stirnband aus bunten Perlen. Mirja flippert immer am Ace's High und ist unheimlich gut. Mit fünfzig Pfennig spielt sie den ganzen Abend. Der Ace's High funktioniert wie ein Pokerspiel. Man muß Spielkarten in entsprechender Reihenfolge abschießen. Für vier Asse hintereinander gibt es dreihundert Punkte und einen Extraball, für ein Full House zweihundert Punkte und so weiter. Das erste Freispiel erreicht man mit tausendzweihundert Punkten. Fritze spielt gegen sie und bringt in drei Durchgängen fünfhundertsechzig Punkte zustande, Mirja hat zweitausendachthundert. Du bist echt kein Gegner, sagt Mirja, und es ist zu heiß, laß uns schwimmen gehen, zum Grunewaldsee. How, sagt Fritze, aber ich hab keine Badehose. Brauchst du nicht, sagt Mirja.

Sie fahren mit dem Neunundzwanziger Bus bis Roseneck und gehen dann durch den Grunewald. Man sieht fast nichts, aber Mirja kennt sich aus. Sie hat eine geheime Lieblingsstelle, die man von dem üblichen Rundweg um den See nicht sehen kann. Man muß über einen Zaun steigen und ein Gesträuch durchqueren und kommt dann zu einer kleinen Halbinsel. An der Spitze ist eine Bootsanlegestelle, drei Stufen nur aus rotem

Backstein und eine metallene Öse. Da sitzt Mirja oft und denkt nach, sagt sie. Der Mond ist aufgegangen und legt eine silberne Spur über den See, es riecht ein wenig faulig. Mirja zieht sich aus, und ihr schmaler Körper gleitet sanft in das dunkle, stille Wasser. Komm, sagt sie, es ist schön. Fritze springt ins Wasser und krault hinter ihr her. Ruhig, sagt Mirja, ganz ruhig, und schwimmt in kurzen, langsamen Zügen. Die Nacht ist warm, und sie trocknen auf Mirjas Lederjacke. Mirja wickelt ein kleines Päckchen aus. Was ist das, fragt Fritze. Mescalin, sagt Mirja und gibt ihm ein Stück, die Indianer nennen es Pellote, gut kauen. Fritze und Mirja warten, eine Amsel singt, nimm diese gebrochenen Flügel und lerne fliegen, du hast nur auf diesen Moment gewartet. Die Bäume auf der anderen Seite des Sees beginnen sich leise zu regen, ein hellgrüner Nebel legt sich über das Wasser. Chinesisch, sagt Fritze, es sieht chinesisch aus und heilig. Der Mond scheint in Mirjas dunkle Augen, zwei kleine grüne Blitze schießen heraus. Göttin, sagt Fritze atemlos, meine Göttin. Ruhig, sagt Mirja, ganz ruhig. Fritze schwindelt ein wenig, und ein Schmerz steigt in seinem Nacken auf. Mirja gibt ihm ein Aspirin.

Der Morgen grünt, und die beiden fahren im Achtzehner Richtung Schlachtensee. Sie sitzen im oberen Stock vorn und rauchen. Sie fahren eine Station zu weit und müssen zurücklaufen. Im Dorf ist alles ruhig. Mirja hat Hunger, und Fritze macht ihr ein überbackenes Brot. Olivenöl kommt in die erhitzte Pfanne, da hinein das Brot mit Sommerwurst, Tomatenscheiben und einer Scheiblette oben darauf. Unter einem Deckel braten, bis die Scheiblette zerläuft. Am Ende kommt die Kappe von der Tomate auf das Brot, und es werden noch zwei Salzletten hineingesteckt. Das Rezept hat Fritze so ähnlich vom DDR-Fernsehkoch. Bei dem hieß es Junggesellenschnittchen nett gemacht und war für alle Fälle, wenn mal überraschend eine Bekannte vorbeikommt. Wenn man da nichts anzubieten hat, ist es doch peinlich. Fritze mag den DDR-Fersehkoch, besonders die Reihe Kulinarische Weltreise von Mexikanischer Salat bis Irish Stew. Sehr lustig sind die Ratschläge zum Ersetzen von Zutaten. Wenn man keine Maiskörner bekommt, kann man auch Erbsen nehmen, gibt es kein Lammfleisch, so tut es auch Schweinebauch. Mirja kann darüber nicht lachen, sie schaut mit tiefen Augen. Sie trinken noch den Rest vom Silberadler. Fritze packt den Zehnplattenwechsler voll, und die beiden gehen ins Bett. Als sie am Nachmittag aufwachen, ist alles voller Blut. Was ist das, fragt Fritze mit Kopfschmerzgesicht. Was wohl, sagt Mirja, du hast mich entjungfert, ausgerechnet bei Things we said today von den Beatles, Pink Floyd wäre mir lieber gewesen. Mirja gibt Fritze ein winziges Bild, das sie selbst gemalt hat, mit Pinseln, von denen manche nur ein Haar haben, sagt sie. Auf dem Bild sitzt ein dunkles, schmales Mädchen mit dem Rücken zum Betrachter und blickt über ein karges Tal in fahlem Ocker. Am Horizont zerfasert sich die Sonne in unzähligen feinen blutroten Strichen.

Fritze fragt Mirja, ob sie Koks will, er braucht aber das Geld, sonst kriegt er Ärger. Kein Problem, sagt Mirja. Ihr Vater ist geschieden und in der SPD und Baudezernent vom Bezirksamt. Er hat eine Kiste mit Schwarzgeld und weiß gar nicht, wieviel drin ist. Fritze kann ihr noch mehr mitgeben, sie kann es in ihrer Schule loswerden. Sie probieren von dem Koks, und Mirja will in die City fahren zur Witwe Bolte. Fritze kann aber nicht, er hat heute schon wieder geschwänzt, morgen muß er unbedingt in die Schule, ein Referat halten über Kleists Erzählung Der Findling, bei Frau Pilokat, und er hat noch nichts vorbereitet.

Sie sehen schlecht aus, sagt Frau Pilokat. Na und, sagt Fritze, ich kann es nicht mehr hören. Und Fritze beschreibt, wie das Findelkind Nicolo, das von dem Vater, einem Landmäkler und Güterhändler, aufgenommen worden ist, verschlossen und finster in der Kutsche sitzt und Nüsse knackt. Nicolo, den Fremden und anderen, sagt Fritze, reizt das Verschlossene, so begehrt er alles, was man ihm in der bigotten Gesellschaft nicht geben will, zuletzt die schöne junge Frau des Vaters, die sich vor ihm verschließt. Der verdeckte Haß des Vaters gegen das fremdartige Kind bricht als Widerspiegelung durch, wenn der Vater dem Nicolo die Schädelschale knackt und das Gehirn an der Wand herunterläuft. Die Geschichte zeigt den grundlegenden Nihilismus einer Vätergesellschaft, der es zuletzt nur um Besitz geht und die nicht in der Lage ist, ihren Kindern Werte jenseits des Habenwollens zu vermitteln. Sehr interessant, sagt Frau Pilokat, aber es steht doch ungeachtet der durch die Kirche gedeckten Rechtsbeugung außer Frage, daß der Vater im Recht und der Nicolo derjenige ist, der sich als undankbar erweist. Ja, sagt Fritze, aber wer bestimmt denn das Recht. Wir Findelkinder sind doch um das Recht nicht gefragt worden. Also bitte, sagt Frau Pilokat, wollen Sie denn das Recht selbst bestimmen, Findelkind oder nicht. Ja, sagt Fritze. Ich möchte wirklich wissen, was in Ihrem Kopf vorgeht, sagt Frau Pilokat. Dann müssen sie ihn aufknacken, sagt Fritze, daß das Gehirn an der Wand runterläuft. Das ist jetzt geschmacklos, sagt Frau Pilokat. Na ja, sagt Fritze, das Leben ist auch nicht sehr geschmackvoll.

In Fritzes Heften gibt es einige Stellen, in denen er sich als Findelkind oder als vertauschtes Kind zu betrachten scheint. Was es damit auf sich hat, weiß ich nicht.

Fritze fährt zu Veronika. Am Milli Vanilli hängt ein Schild. Auf behördliche Anordnung bis auf weiteres geschlossen. Wir bitten um Verständnis. Nach langem Klingeln macht im Appartement mit dem norwegischen Holz nur der verschlafene Bernd auf. Wo ist die verdammte Biene, fragt Fritze. Auf der Reise, sagt Bernd, in eine andere Welt, vergiß es. Vergessen, sagt Fritze, was nicht mehr sich wiederfindet, wenn man das könnte, ginge es einem besser. Wer reicht mir nun das Tuch.

VII. STATION
Fritze schreibt eine Erzählung oder nicht

Dieses Heft enthält handschriftlich nur wenige Bemerkungen. Als eine Art Motto steht auf der ersten Seite: Ich bleibe, der ich nie gewesen bin. Darunter folgen karge Notizen, die damit keinen Zusammenhang zu haben scheinen.

Fritze liest gern den Playboy, obwohl der zu teuer ist. Große Brüste sind nicht sein Fall, aber schöne runde Hintern. Man muß sich von den Mädchen unabhängig machen. Onanie kommt derart schon in der Bibel vor. Man ist sich aber nicht sicher, ob nicht lediglich Verhütung damit gemeint war. Jedenfalls tropft Onans Samen zu Boden, Fritzes auf die Gespielin der Woche.

Das Photo mit einigen verkrusteten Flecken hat Fritze eingeklebt. Dahinter steht: Der Playboy schreibt einen Literatur-Wettbewerb aus. Fünfzigtausend Mark für die beste Erzählung.

Der folgende Text ist als Typoskript eingeheftet. Am Rand sind mit Bleistift Markierungen für zwei Sprecher angegeben, die ich aber nicht aufführe. Zur Bedeutung dieser Markierungen später.

Der Romantiker

Ein kühler, sonniger Frühlingsmorgen begann sich eben zu erwärmen, als ein junger Mann, der auf der Terrasse einer Dahlemer Villa mit einer Flasche leichten, weißen Weines an einem Tisch saß, diesen Satz auf den ersten eines Stapels weißer Bögen schrieb, den er sich in Erwartung reichlich fließender Einfälle zurechtgelegt hatte.

Das ist ein ziemlich altmodischer Anfang, aber der angehende Autor liebte die unzeitgemäßen Stimmungen und Gefühle, und er suchte sie in den Dingen und den Worten, ohne sie zu finden. Die Vergeblichkeit belustigte ihn, und so glitt ein Lächeln über sein Gesicht, während er zur Beschreibung seines Helden überging.

Er war hochgewachsen, aber nicht kräftig gebaut. Fast hätte man ihn zart nennen müssen, wenn nicht die geschmeidigen Bewegungen eine gefestigte Muskelverfassung verraten hätten. Um eine ausgeprägte, aber nicht sehr hohe Stirn durchdrangen sich hellbraune Locken zu gefälliger Unordnung. Darunter blickten dunkle Augen spöttisch zugleich und wehmütig in die Welt. Die Bewegungen seiner großen Hände deuteten auf Eitelkeit hin, tatsächlich betrachtete er sich gern im Spiegel und verwendete viel Zeit auf die Pflege seines Körpers. Trotz seiner einnehmenden Erscheinung hielten Frauen Distanz zu ihm. Das war ihm nicht unrecht, denn er liebte das Persönliche nicht und lenkte die Konversation möglichst auf sachliche Fragen, insbesondere der Kunst und der Geschichte.

An diesem Punkt seiner Beschreibung hielt der Erzähler inne, um sich zu bedenken, ob diese nicht die Möglichkeiten des Handelns zu sehr einschränken könnte. Er hatte nämlich noch keinen deutlichen Plan seiner Erzählung. Doch faßte er Vertrauen, daß das je Erzählte das zu Erzählende bestimmen werde. Er stellte die Weinflasche in den Schatten des Tisches, da die Sonne kräftiger schien, und dabei fiel ihm ein, daß er diesen Tag hätte mit einer fröhlichen Gesellschaft am Ufer eines Badesees verbringen sollen. Doch wandte er sich seinem Helden wieder zu, bei dem es sich um einen Schriftsteller handelte, von dem ein Roman mit gutem Erfolg schon gedruckt war, ein zweiter in schönstem

Fortgang begriffen gewesen, nun aber an einen Punkt gelangt, an dem sich die Wege zur Lösung undurchdringlich zu verfinstern schienen.

Dieser Roman handelte von einem Menschen, der es um jeden Preis ablehnte, sich in der Gesellschaft mit einem bürgerlichen Berufe oder einer künstlerischen Tätigkeit zu verwirklichen, und der sein Talent statt dessen in einer Reihe von frivolen und dubiosen Abenteuern an die Welt wegwarf, um schließlich in eine halb absichtlich herbeigeführte Verwahrlosung zu geraten, die eine Wende im Geschehen zwingend erforderlich werden ließ, wenn nicht die Handlung mit dem Tode des Helden sinnlos beendigt werden sollte. Nachdem der Erzähler die verschiedensten Lösungsversuche bedacht und wieder verworfen hatte, geriet er allmählich in eine ernste Verstimmung, die ihn dem Gemütszustand seines Helden annäherte und ihn von der Arbeit aber immer weiter entfernte. Weniger weil er sich eine Änderung seines Zustands versprach, mehr um den Belästigungen seiner Nahwelt zu entgehen, entschloß er sich gegen seine Gewohnheit zu einer Reise. Denn er reiste nicht gern, weil er, wie er nur halb im Scherz zu sagen pflegte, sich seine Vorstellung fremder Gegenden nicht durch Anschauung verderben wollte.

Nun fragte sich der junge Autor, ob nicht das auf eine Schaffenskrise zurückgeführte Motiv der Reise ein allzu strapazierter Kunstgriff sei. Während dieser Überlegung schweifte sein Blick über die Wipfel der Bäume in eine Weite, die ihm undeutliche Versprechungen machte. Nur schwer gelang es ihm, sich wieder auf sein Problem zu konzentrieren, das er schließlich dergestalt entschied, daß er seinen Helden zwar reisen lassen wollte, aber wenig poetisch nicht nach Süden, sondern nur zur Insel der Berliner Friseure und Architekten, nach Sylt.

Bis Hamburg faßte er wenig von der Bahnfahrt auf. Sein Abteil hatte sich kurz vor der Abfahrt noch bis auf den letzten Platz gefüllt. Er empfand einen Widerwillen gegen diese Menschen, und so versuchte er, nicht von dem gänzlich langweiligen Buch von Roth aufzusehen, das er wahllos eingesteckt hatte. Beim Umsteigen in Hamburg aber beneidete er plötzlich die eilenden Menschen, obwohl sie bedrückt und verschlossen aussahen. Während der Fahrt nach Westerland zogen Wolken auf, die von einem heftiger wehenden Wind vor dem hellen Himmel zu Fetzen zerrissen wurden. Der Wechsel des Lichts schmerzte seine Augen und erregte eine trockene Sehnsucht in seiner Brust, zu der er die Worte nicht finden konnte. So war er froh, als die Wolken sich verdichteten und der Regen seltsame Zeichen auf das Abteilfenster schrieb. Als er in Westerland aus dem Bahnhofsgebäude trat und ein Taxi herbeiwinkte, war der Regen vorbei, aber der Wind blies heftiger und zauste an seinem Haar. Er hielt sich die freie Hand vor den Kopf, belästigt vom Gedanken an die Zerbrechlichkeit der Dinge. Die Fahrt dauerte nur kurz, und er war froh, der Stille eines kleinen Bauernhauses ansichtig zu werden, das ihm Freunde für beliebige Zeit überlassen hatten. Er trat ein und stellte verwundert fest, daß im Kamin ein Feuer brannte. Er nahm an, daß seine Freunde diese Vorsorge hatten treffen lassen. Da er müde war, legte er sich in ein bereitetes Bett und fiel sogleich in schweren Schlaf.

Der junge Autor nutzte diese gleichsam natürliche Pause im Geschehen, um von seinem Glas zu trinken und eine Zigarette zu entzünden und dabei zu überlegen, ob er seinen Helden etwas träumen lassen sollte. Jedoch überkam ihn Scheu, dem Helden noch indiskreter in den Kopf zu schauen, als er es schon tat.

VII. STATION

Als er erwachte, fühlte er sich ungewohnt frisch und verspürte Hunger und Tatendrang. Er holte Holz aus dem Schuppen und brachte das Feuer wieder in Gang, setzte Wasser auf und begann, sich aus reichlich vorhandenen Lebensmitteln ein Frühstück zu bereiten, daß einem Landmann eher zugestanden hätte als einem Geistesmenschen. Nach solcher Stärkung hielt es ihn nicht mehr im Haus, und er eilte in die Richtung, in der er das Meer vermutete. Tatsächlich befand es sich dort, und der Anblick erfreute ihn in nie gekannter Weise. Da niemand vorhanden war, ihn zu beobachten, ließ er Kiesel über die Wellen tanzen, hob Muscheln auf und versuchte nah am Wasser zu gehen, ohne sich nasse Füße zuzuziehen. Unter diesen vergessen geglaubten Vergnügungen war er einer kleinen Hafenanlage näher gekommen, auf deren Kaimauer er eine Person sitzen sah, die offenbar angelte. Aus dem schmalen Rücken und den fliegenden goldenen Haaren schloß er, daß es sich um ein Mädchen handeln mußte.

Er trat hinter sie, ohne daß sie es zu bemerken schien. Nach einer Weile faßte er Mut und fragte sie, ob sie etwas zu fangen gedächte oder ob sie mehr als eine symbolische oder gar allegorische Fischerin zu betrachten sei. Ohne sich umzudrehen, antwortete sie ihm mit einer eigentümlich dunklen Stimme, aus der nur ihr Lachen heller hervor klang, jedenfalls fische sie nicht nach Worten, deren Bedeutung ihr unbekannt sei. Dazu fiel ihm keine passende Entgegnung ein, so blieb er hinter ihr stehen, bis sie ihr Angelzeug zusammenpackte. Als sie sich umdrehte, erschrak er über ihre sonderbare Schönheit, die ihn an etwas erinnern wollte, ohne daß er hätte sagen können, woran. Sie dagegen schien über seinen Anblick nicht erstaunt und löste ihn aus der Erstarrung, indem sie ihn zum Gehen sanft am Ärmel zog. Benommen trottete er nun neben ihr her und blickte nur von Zeit zu Zeit zu ihr hinüber. Trotz ihrer milden blauen Augen, der kleinen Nase und dem vollen, gegen die blasse Haut abstechenden Mund schien ihm, sie habe etwas Strenges und Entschlossenes, das ihn zugleich anzog und abstieß. Vor seiner Bleibe wollte er sich hastig verabschieden, aber sie bog mit ihm auf den Weg ein, trat vor ihm ins Haus, warf ihr Angelzeug auf die Truhe in der Diele und streckte sich auf dem Sessel vor dem Kamin aus.

Mechanisch ging er in die Küche, um Tee zu bereiten, von welcher Verrichtung er aufgeräumter zurückkehrte, ihr eingoß und zusammenhanglos begann, ihr allerlei Schnurren zu erzählen, die sie mit ihrem hellen Lachen und nur wenig Worten kommentierte. Am Abend saßen sie schon wie selbstverständlich vor dem Kamin, sahen in die Flammen und sprachen kaum. Schließlich verkündete er, er sei nun müde und müsse zu Bett. Als er nach seiner nicht ganz mit der üblichen Sorgfalt ausgeführten Abendtoilette in das Schlafzimmer trat, streifte sie gerade ihre Kleider ab und schlüpfte ins Bett, ohne ihn weiter zu beachten. In einer abrupten Anwandlung zog er sich ebenfalls aus, glitt aber nur vorsichtig unter den äußersten Rand der einzigen Bettdecke, wo er einige Zeit unbehaglich verbrachte und versuchte, seinen Atem zu regulieren.

Als ihm das eben gelungen war, kroch sie plötzlich zu ihm herüber, schlug die Arme um seinen Nacken und drängte sich heftig gegen ihn. Ihre Haut war merkwürdig kühl und seidig glatt, sie erschreckte und erregte ihn, und er wußte nicht mehr, ob er sein Herz schlagen hörte oder ihres. Fassungslos erlitt er, daß sie sich wie wütend, aber tonlos zur höchsten Erregung wand, während ein feuchter Hauch sich über ihre Haut ausbreitete. Plötzlich entwand sie sich mit einem merkwürdigen Laut und kroch über das Bett hin wie ein kleines Tier. Besinnungslos folgte er ihr, bis sie still hielt, er hielt sich an ihrem schmalen Rücken und gab ihr die nun aufsteigende Kraft, bis sie ineinanderflossen.

Diese Beschreibung hatte den jungen Erzähler einigen Schweiß gekostet, zumal es inzwischen Mittag war. Er hätte persönlich dazu geneigt, die kräftigen Ausdrücke der Umgangssprache zu benutzen, aber die wären der Beschreibung seines Helden nicht angemessen gewesen, und so deutete er sich die Wortwahl als absichtsvoll unzeitgemäße.

Die Sonne stand schon hoch, als er erwachte. Sie saß bereits angekleidet auf der Bettkante und hatte ihn offenbar betrachtet, denn sie wandte sich nun schnell ab, ohne daß ihm die Spuren auf ihrem Gesicht entgangen wären. Da streckte er die Hand nach ihr aus, und sie legte den Kopf matt und sanft auf seine Brust. Ihre Tränen ergossen sich warm über sein Herz und liefen kälter werdend in seine Achselhöhlen. Er verharrte fraglos, bis sie sich unvermittelt erhob und aus dem Zimmer strebte, wobei sie auf halbem Wege eine halb anmutige, halb komische Pirouette drehte und ihr helles Lachen von sich gab. Das erweckte ihn aus seinem einsinnigen Zustand, und er begab sich unter die Dusche, wo ihn erst das kalte Wasser am Ende der Reinigung einigermaßen in die Gegenwart zurückbrachte.

Als er wieder in die Stube trat, saß sie im Schneidersitz auf dem Stuhl und lächelte ihm über eine große Kaffeetasse zu. Sie aß nichts, hatte aber für ihn alles bereitgestellt, was er des Morgens zu sich zu nehmen pflegte. Er verspeiste sein Frühstück mit gutem Appetit. Als er sich gerade eine Zigarette angezündete hatte, störte sie seine unversehens eingekehrte Seelenruhe mit dem Vorschlag, schwimmen zu gehen. Dies sei, so wandte er ein, nicht nur eine der Jahreszeit und den Breiten völlig unangemessene, sondern überhaupt ganz abscheuliche Idee. Es sei die Nordsee geschaffen für den Anblick des romantischen Subjekts und zur Fischerei, nicht aber für das Badewesen. Doch willigte er ein, sie zu begleiten, wenngleich unter der Bedingung, keine Klagen hören zu wollen, wenn sie erfroren dem Bade wieder entsteige.

An jener Kaimauer entledigte sie sich sogleich ihrer Kleider und stürzte sich in die Fluten, während er sich auf heitere Weise mürrisch niedersetzte und zusah, wie sie mit kräftigen Zügen weit hinausschwamm und schließlich kaum noch auszumachen war. Je weiter sie sich entfernte, desto mehr verwirrten sich seine Empfindungen, ihn fröstelte, obgleich die Luft recht lau war, und es gelang ihm nicht, seine Gedanken zu sammeln. Über seinem Grübeln hatte er nicht bemerkt, daß sie zurückgekehrt war und sich schon abgetrocknet hatte. Eine Weile stand sie nun regungslos auf der Mauer und hielt sich die nassen Haare mit beiden Händen über dem Kopf zusammen. Hingerissen von der Anmut dieser Bildsäule, verstand er plötzlich, daß er die Aura zerstören würde, wenn er das Geheimnis dieser Begegnung aufzuklären sich anschicken würde. Mit dem Anblick ihrer Schönheit aber schlich sich Trauer in sein Herz, im Mittagslicht nahm er die Schatten wahr, die der Abend vorauswarf, und er ahnte dunkel, daß sein Leben dahingehen würde, ohne daß er sie besitzen durfte. Als erriete sie seine Gedanken, löste sie sich aus ihrer plastischen Erstarrung, trat zu ihm und blies ihm leicht ins Gesicht, als wolle sie die Schatten verscheuchen.

Auch über dem Arbeitsplatz des jungen Erzählers hatte die Sonne nun den Zenit überschritten, und auch ihm wurde ein wenig schwer ums Herz. Auch die Mittagsstunde ist nicht aus dem Lauf des Tages zu lösen. Das ließ ihn erkennen, daß er jetzt den Wendepunkt seiner Erzählung erreicht hatte, die unerhörte Begebenheit hatte Kontur angenommen, nun mußte sie als Konflikt ausgeführt und in rascherem Tempo der Lösung zugetrieben werden. Die gefährdete Idylle, in die er seinen Helden versetzt hatte, sollte jedenfalls nicht über Gebühr ausgedehnt werden.

An diesem Abend saßen sie noch lange am Kaminfeuer, wobei er etwas über seine Gewohnheit dem Weine zusprach, denn er wurde gesprächig, um nicht zu sagen geschwätzig, weshalb sie sich endlich aus ihrem Sessel erhob, ihre bekannte Pirouette drehte und sich wie tot in seinen Schoß fallen ließ. Er unterbrach sich eilfertig und trug die federgewichtige Leiche zur Bettstatt. Was soll nun, scheuer Priester der Sünde, daß du nicht wußtest um der Toten Klagen. Wie Reue wird der Wurm dein Herz benagen, murmelte er vor sich hin, um sogleich einzuschlafen.

Bevor er am nächsten Morgen die Augen geöffnet hatte, wußte er schon, daß sie nicht mehr da war. Dennoch lauschte er eine Weile auf Geräusche, aber alles blieb totenstill. Er erhob sich mühsam und setzte sich vor den Kamin, in dem ein wenig Glut noch zu spüren war. Er rauchte ohne Genuß und warf die Zigarette in plötzlich aufschäumender Wut in den Kamin und entschloß sich, unverzüglich heimzureisen.

Kurz vor Hamburg änderte er seine Absicht mit dem Gedanken, sich im Getriebe der großen Hafenstadt abzulenken und dabei seine merkwürdige Bekanntschaft möglichst zu vergessen. Er stieg in den Vier Jahreszeiten ab und ließ sich sogleich eine Flasche Champagner aufs Zimmer bringen, wovon er jedoch nur ein halbes Glas genoß, ehe er wie getrieben das Haus verließ. Einige Zeit ging er unangemessen eiligen Schrittes am Gewässer entlang und versuchte, seinen Blick in die weißen Segel auf dem graublauen Wasser zu versenken. Aber das brachte keine Linderung, vielmehr steigerte sich seine Unruhe zu einer solchen Bangigkeit des Herzens, daß ihn schwindelte. Da er eben vor einem Kaffee-Haus anlangte, ging er hinein, um sich zu erholen.

Er hatte kaum das ihm gereichte Glas Wasser geleert, als er sein seltsames Mädchen auf sich zukommen sah. Sie war stark geschminkt und hatte die Haare zusammengesteckt, das machte sie älter. In Begleitung zweier Nadelstreifen ging sie an seinem Tisch vorbei dem Ausgang zu, ohne ihn eines Blickes zu würdigen. Er sprang auf, warf einen Geldschein auf den Tisch und folgte ihr zur Garderobe, wo ihr die goldberingten Anzugträger gerade in den Mantel halfen. Als er vor ihr stand, schüttelte sie fast unmerklich den Kopf und wandte sich zum Gehen. Nach kurzer Bedenkzeit eilte er ihr nach. Das Trio bestieg eine schwarze Limousine der Marke Jaguar, während er in ein Taxi sprang und den Fahrer anwies, dem Wagen zu folgen. Die Fahrt ging die Reeperbahn hinunter, wo die Leuchtreklamen schon in Betrieb und die Trottoirs voller Menschen waren. Große Freiheit, las er sinnlos von einem Straßenschild ab. Schließlich hielt die schwarze Karosse an einer kleinen Straße. Der Taxifahrer nahm ein unangemessen großes Trinkgeld entgegen, das ihn zu der Mahnung zu verpflichten schien, sich vorsichtig zu verhalten, da man sich hier mitten im Milieu befinde.

Dessenungeachtet folgte der Romancier den drei Gestalten, die noch einige Schritte auf der nämlichen Straße gingen, bevor sie in eine trübe beleuchtete Sackgasse einbogen, an deren Ende sie hinter einer Tür verschwanden. Beklommen strebte auch er darauf zu. Die Tür war verschlossen, und er dachte schon an Umkehr, doch drückte er wie mechanisch auf einen Klingelknopf. Von innen öffnete sich eine kleine Klappe, durch die er kurz gemustert wurde, bevor er Einlaß fand. Er erschrak, als er eine dämonische Maske vor sich sah, die ihn jedoch mit freundlicher Gebärde einlud, ihr in den inneren Bezirk des Hotels California zu folgen, und ihm einen kleinen Tisch in der Nähe einer Bühne anwies, die mit einem feuerroten Samtvorhang verschlossen war. Er bestellte abermals Champagner und wagte es nach dem ersten Glas, sich ein wenig umzusehen. Das Lokal war bereits recht gut gefüllt. Das Publikum bestand überwiegend aus hübschen jungen Männern, die wenigen Frauen waren mit hochgetürmten Frisuren, überdimensionalen falschen Wimpern und pailetten- oder federbesetzten Kleidern merkwürdig und unzeitgemäß herausgeputzt. Sein seltsames Mädchen aber war so wenig zu erblicken wie die Nadelstreifen.

Geraume Zeit verstrich, und er hatte bereits die zweite Flasche öffnen lassen, als sich mit überlauter Musik der Beginn einer Vorstellung ankündigte. Ein dünner Mensch, dessen verlebtes bleich geschminktes Gesicht auf den Wangen mit zwei kreisrunden roten Flecken versehen war, begrüßte alle Herren und Damen, auch diejenigen, die keine seien, und kündigte die erste Nummer an: It's a boy. In zuckendem blauen Licht tanzte eine Gruppe von Ärzten und Krankenschwestern um einen Operationstisch herum, wozu ein Kastratenchor ein Lied intonierte, dessen Refrain eben die Mitteilung machte, es sei ein Junge. Als der Blick auf den Operationstisch frei wurde, erhob sich dort ein zartgliedriger junger Mensch in einer Windel und zappelte auf dem Tisch herum wie eine Gliederpuppe. Danach trat ein starkknochiges Gretchen mit ankertaudicken Zöpfen auf und trällerte, sie sei ein typisches deutsches Mädchen und liebe typische deutsche Musik. Dazu versuchte eine Damen-Blaskapelle Wagners Walkürenritt zu spielen und im Hintergrund wurde ein Bild von Adolf Hitler enthüllt.

Dann wurde die erste Hauptattraktion des Abends angekündigt, der Tanz der Salomé. Unter spitzen Schreien aus dem Publikum betrat ein Mädchen die Bühne, das nichts als einen Schleier vor dem Gesicht trug. Der schlanke, makellos geformte Körper war zur Gänze silbern eingefärbt, nur Haare und Nägel blitzten golden. Sie verbeugte sich und wartete dann regungslos auf das Ende des Jubels. In seiner Erinnerung tauchte das Bild auf, das sie ihm auf der Kaimauer dargeboten hatte. Als der Tanz begann, wußte er nicht mehr, ob er wachte oder träumte. Am Ende des Tanzes erschien ein zierlicher Page mit einem silbernen Tablett, auf dem ein bluttriefender Männerkopf angerichtet war. Salomé riß sich nun den Schleier vom Gesicht, nahm das dargebotene Haupt in beide Hände und verbiß sich in dessen Lippen. Mit ihrer bekannten Pirouette schleuderte sie dann den Kopf von sich, der auf den Tisch des Schriftstellers schlug, während sie sich unter tosendem Applaus verbeugte.

Er aber war rasend aufgesprungen und stürmte nun auf die Bühne, umklammerte sie und stürzte mit ihr zu Boden, während sich der Vorhang eilig schloß. Unter andauernden Bravo-Rufen wurde das Knäuel entflochten, ihn schleppte man hinaus auf den Hinterhof. Er bemerkte, wie man ihm seine Brieftasche nahm und verspürte Schläge und Stiche, ohne Schmerz zu empfinden. Als er auf dem Pflaster aufschlug, fiel ihm ein Ende zu seinem Roman ein. Der alternde Dichter ruht in einem Ohrensessel und scheint entschlafen. Einige Freunde sind bei ihm und reden über seinen friedlichen Tod nach all der Unruhe und dem Unmaß seines Lebens. Da aber erwacht der Dichter und sagt etwas. Die Freunde aber verstehen ihn nicht und zünden eine Lampe an. Er lachte tonlos, während ihm das Blut aus Mund und Nase rann, und starb ohne Bitterkeit. Da trat das Mädchen hinzu, setzte sich nieder und bettete sein Haupt auf ihren Schoß.

So bist Du nun um unsretwillen zur Leiche geworden. Entseelt und voll Wunden ruht Dein Leib in den Armen Deiner schmerzvollen Mutter. O diese Deine Wunden opfere dem Vater auf als ein Gegengewicht gegen das doppelte Übel der Unmäßigkeit und Unlauterkeit, welches rings zu so großer Macht gediehen ist und so viel Unheil anrichtet. O göttlicher Heiland, erleuchte mit Deiner Gnade die Verblendeten, daß sie es erkennen, welche Schmach es ist, der Völlerei und der Unzucht zu dienen, nachdem Du in Buße für diese Sünden am Kreuz verschmachtet bist.

Damit war die Erzählung des jungen Schriftstellers vollbracht. Er sah auf und bemerkte, daß es Abend geworden war. Fröstelnd spähte er eine Weile zu den Tannen hinüber, unter denen es dunkelte, ehe er sich seinen Papieren wieder zuwandte. Im letzten Licht des Tages konnte er nun erkennen, daß lediglich der erste Satz seiner Erzählung auf dem Papier stand. Fern aber war ihm nun der Frühlingsmorgen, an dem er geschrieben wurde, und der Tod schien ein freundlicher Gedanke.

Die Abendkühle aber trieb ihn ins Innere des Hauses, wo er seine junge Frau antraf, die eben vom Badesee heimgekehrt war und sich, da sie ihn abwesend wähnte, ein einsames Abendbrot bereitet hatte. Als ob sie die Schatten seiner Seele sogleich bemerkt hätte, schaute sie ihn über den Tisch hinweg mit ihren milden blauen Augen unter dem goldenen Haar beunruhigt an. Ihre Frage aber, was er den ganzen Tag getrieben, blies alle Finsternis hinweg. Er lachte laut und küßte sie mitten auf den Mund.

Hinter der eingeklebten Erzählung finden sich noch einige fragmentarische Aufzeichnungen.

Fünfzigtausend Mark kann Fritze wahrlich gut gebrauchen. Einen Alfa Romeo Giulia Super könnte man leicht davon erschwingen, und es bliebe noch genügend übrig, um das Engel-Unheil abzuwenden und für eine Weile sorglos zu leben. Der Text kommt aber wieder zurück mit einem freundlichen Kommentar. Das sei intelligent und dem Titel angemessen, freilich recht konventionell und – wenn man ihm damit nicht zu nahe träte – auch ziemlich kitschig, sozusagen eine recht stimmige Darstellung antiquierten Geschmacks. Man rate, es bei der Brigitte zum Abdruck einzureichen, im übrigen aber, bei dem nächsten Versuch, direkter eine heutige Erfahrung zum Ausdruck zu bringen.

Darunter stehen nur einige hastig protokollierte Stichworte und Gesprächsfetzen über einen Besuch seiner Freundin.

Genia kommt über das Wochenende. Fritze lädt sie groß zum Essen ein im Ciao am Leniner Platz, wo die Schauspieler verkehren. Woher hast du das Geld, fragt Genia. Er hat eine Erzählung verkauft. Eine, die du geschrieben hast. Klar, sagt Fritze. Ich wußte gar nicht, daß du schreibst, sagt Genia. Du weißt so allerlei nicht, sagt Fritze, und kippt seinen Cognac. Da ärgert sich Genia, soll sie auch. Ich zeig dir den Weg zur nächsten Whisky-Bar, sagt Fritze.

Unter dem Titel Poetische Lügen steht in schwer lesbarer Handschrift noch einmal der erste Satz der Erzählung, die ich eben wiedergegeben habe: Ein kühler, sonniger Frühlingsmorgen begann sich eben zu erwärmen, als ein junger Mann, der auf der Terrasse einer Dahlemer Villa mit einer Flasche leichten, weißen Weines an einem Tisch saß, diesen Satz auf den ersten eines Stapels weißer Bögen schrieb, den er sich in Erwartung reichlich fließender Einfälle zurechtgelegt hatte. Die Herkunft der Geschichte erschien mir dadurch um so rätselhafter, zumal sich sonst nirgends in Fritzes Heften ein derart durchgeschriebener Text findet. Er selber wollte mir nichts dazu sagen, wie er sich überhaupt je nach Stimmung und Verfassung verbittet, mit dem Niederschlag des Abgelebten behelligt zu werden. Bei solchen Gelegenheiten frage ich mich, wozu und für wen ich mir die Mühe mache, Fritzes Aufzeichnungen zu entziffern und in eine lesbare Form zu bringen.

Hinten an dem Heft war aber noch ein Umschlag mit der Aufschrift Sabine Hofstaedter angefügt. Darin befinden sich Ausschnitte aus einem längeren Text, der sich offensichtlich auf die Geschichte bezieht, wenngleich nicht immer auf einen identischen Wortlaut. Einige Passagen gebe ich hier wieder.

»Während die Ich-Erzählung – gleichgültig, welcher empirisch-autobiographische Wahrheitsgehalt dem Aussprechen des Personalpronomens innewohnt – die Phantasmagorie aufbaut, daß alle geschilderten Personen und Ereignisse sich konzentrisch um das erzählende Subjekt anordnen, gleichsam in seine Wirklichkeit einstürzen, so spiegelt hier die Einleitung diesen Vorgang zurück, indem der Erzähler, der scheinbar so sicher und selbstbewußt den Handlungsrahmen entwirft, sich im zweiten Teil des Satzes selbst als Produkt des von ihm ins Leben gerufenen Erzählers, des ›jungen Mannes‹, zu erkennen gibt und damit die ihm mögliche Rolle des autonomen Ichs zugunsten der Autonomie seiner Geschichte ausschlägt.«

Hieran ist mir die Problematik meiner Bearbeitung von Fritzes Aufzeichnungen deutlich geworden. Sie sind nämlich größtenteils in der Ich-Form gehalten, ich wandle sie aber in die Er-Form um, was möglicherweise eine Literarisierung, eben den Eindruck einer Autonomie der Geschichte zur Folge hat, die ich nicht anstrebe. Mir geht es vornehmlich um eine Dokumentation, die dereinst vielleicht als ein Denkmal für einen merkwürdigen Menschen gelesen werden wird. Vielleicht hätte ich mich besser der Ich-Form bedienen sollen, aber da wäre eine Distanzaufhebung zu befürchten gewesen, die vermutlich mir nicht gut getan hätte. Bei aller Aufopferung darf der Editor schließlich sein eigenes Seelenheil nicht außer acht lassen.

Die folgende Stelle scheint Aufschluß über die Beziehung der Interpretation zum Autor der Geschichte zu geben:

»[...] da es sich, wie die Erzählstruktur des Eingangssatzes verdeutlicht, in dieser Geschichte um ein Spiel der Phantasie mit sich selbst handelt, nimmt es den mit der Person des realen Autors vertrauten Leser nicht sonderlich wunder, in der Beschreibung dieses Helden des Helden ein Selbstportrait des Erfinders des Ganzen wiederzufinden. Die Interpretation maßt sich, abgesehen vom physiognomischen Teil dieser Darstellung, keineswegs an, den Wahrheitsgehalt derselben beurteilen zu können; sie verweist nur auf diese Integration des Autors in seine Geschichte als einer Stelle, an der sich jene zuvor konstatierte Entäußerung des Subjekts in seinen Gegenstand auf der Ebene der Bildlichkeit deutlich ablesen läßt, indem der reale Autor als fiktiver Gegenstand seiner sich selbst erzählenden Geschichte in Erscheinung tritt.«

Die Interpretin, vermutlich jene auf dem Umschlag bezeichnete Sabine Hofstaedter, scheint also den Autor der Geschichte beziehungsweise den Veranstalter des Ganzen zu kennen. Merkwürdig ist aber, daß das von ihr angesprochene Portrait des Autors jedenfalls nicht auf Fritze zutrifft. Eigentümlich geheimnisvoll redet die Interpretin (wie sie sich selber bezeichnet) von einem biographischen Bezug, »fühlt sich allerdings weder dazu berechtigt noch in der Lage«, diesem »in ihrer Deutung nachzugehen«.

Im weiteren heißt es zum Helden der Geschichte, der nach der Interpretation ein Selbstportrait des Autors sein soll:

»Durch die Person des Helden geht ein Riß, die ihn als zwischen zwei geschichtlichen Polen situiert zeigt: er möchte vielleicht gern noch Romantiker sein in dem Sinne, daß ihm der Spiegel zu Hause und die Welt dasselbe Bild zurückwerfen, aber die negative Reaktion der Frauen, in der seiner Selbstwahrnehmung eine unfreundliche Fremdwahrnehmung entgegentritt, und der Umstand, daß ihm dieses gebrochene Verhältnis zur Welt nicht einmal ›besonders unrecht‹ ist, verweist auf eine Verunsicherung des Subjekts, auf eine Isolation, deren Einsamkeit ›die Kunst und die Geschichte‹ nur unzureichend ausfüllen.«

»In der Beziehung zwischen eigenem Wunsch und der Imagination seines Erfülltseins ist die Geschichte für ihren Erzähler ein Spiegel, in dem Bilder einer Zukunft aufscheinen, die zur eigenen werden könnte. Von diesem Punkt aus tastet sich das Ich immer weiter in seine Geschichte vor, an der es weit mehr partizipiert, als die Oberfläche des Dargestellten vermuten läßt.«

Während ich diese Deutung nur teilweise mit dem Bild vermitteln kann, das ich von Fritze gewonnen habe, verweisen die folgenden Auszüge auf biblische Motive, die sich in Fritzes Aufzeichnungen finden. Insbesondere die von der Interpretin wörtlich herangezogene Stelle, die in der Erzählung ja gar nicht so offensichtlich angesprochen wird, findet sich in Fritzes Heften dreimal.

»Als Christus Petrus und Andreas, die Fischer, zu seinen Jüngern beruft, sagt er zu ihnen: ›Folget mir nach: ich will euch zu Menschenfischern machen!‹ (Matth. 4, 19). In einer doppelten Verkehrung des mythologischen Sinns wird dieses Zitat für die Deutung brauchbar: Die schöne Fremde ist für den Helden eine solche Menschenfischerin, wenn auch, wie der folgende Verlauf der Geschichte zeigt, sicherlich nicht im Sinne der christlichen Heilsbotschaft, und sie fängt ihn zwar, doch nicht mit jenem aktiven Engagement, mit dem die Jünger zu ihrem Fang auszogen, vielmehr legt sie in ihrem bloßen Dasein, wahrscheinlich noch nicht einmal beabsichtigt, ein Netz aus, in dem der Held sich, passiv hineintaumelnd, selber fängt.«

»Die Frau dagegen ist selbstsicher und direkt, und zur Schlange in seinem künstlichen Paradies wird sie nicht durch entschlossene Ausführung unlauterer Absichten, sondern durch seine Unfähigkeit, sie und sich selber als Reales zu begreifen und sich zu ihr in ein Verhältnis zu setzen, das nicht von unbegriffener Innerlichkeit verstellt ist.«

Diese Bemerkung kann ich in bezug auf Fritze beziehungsweise auf sein mögliches Abbild in dem Helden nachvollziehen, sie ist mir persönlich aber zu psychologisch. Ich bemühe mich, möglichst wenig Aussagen über seine innere Verfassung zu machen, zumal sie mir als sehr wechselhaft erscheint.

Vor dem Hintergrund der christologischen Bemerkungen hat mich die folgende Passage erstaunt, obwohl ich den Sachverhalt in der Geschichte selbst nicht so deutlich ausmachen kann wie die Interpretin:

»[...] er sehnt sich nach unendlicher Fortsetzung von etwas Sinnlosem, einer Form der Trauer, der, wenn überhaupt, Sinn nur zukommt gegenüber der Unabänderlichkeit des Todes. Im Wunsch nach jener ›tödlichen Traurigkeit‹ offenbart sich ein latentes Einverständnis mit dem Sterben.«

Für mich wiederum zu psychologisch, sieht die Interpretin den Grund in dem »zerstörerischen Prinzip, Verkehrtes unbegriffen zu wiederholen«. Allerdings sind Wiederholungsstrukturen in Fritzes Lebensstationen nicht zu übersehen.

Über Fritzes eigentümliches Verhältnis zur Chronologie habe ich schon einige Anmerkungen gemacht, auch dazu findet sich ein Ausschnitt aus der Interpretation:

»Ebensowenig wie er auf der Insel die Möglichkeiten des Gegenwärtigen erkannte, gelingt es ihm, jetzt einzusehen, daß Vergangenes nicht beliebig reproduzierbar, nicht unter völlig veränderten Verhältnissen zu vergegenwärtigen ist. [...] Er hielt das Innere des Ferienhauses für einen ›glücklichen Raum‹, zeigt jedoch in dieser Kaffeehaus-Szene, daß ihm die Funktion der Zeit für das Glück überhaupt nicht zugänglich ist, weshalb denn auch spätestens an dieser Stelle zweifelhaft erscheint, ob der Held da nicht etwas verwechselt hat, […] die Dämpfung und Befriedung seines so leicht erregbaren und verwirrbaren Innen mit Glück.«

Zum Schluß der Binnenerzählung heißt es dann im vorletzten Ausschnitt:

»Die Gebärde, die den Triumph des Todes über das Leben so uneingeschränkt anerkennt, bedeutet gleichzeitig Einverständnis mit dem eigenen Schicksal, das nur die Konsequenz zieht aus einer ausgeprägten, in diesem Bild festgehaltenen Verweigerung gegenüber dem Leben.«

Das mag auf den Protagonisten der Erzählung zutreffen. Was Fritze angeht, scheint umgekehrt das Leben sein Versprechen nicht gehalten zu haben.

Der letzte Ausschnitt in dem Umschlag scheint das Fazit der Interpetation zu sein:

»Die Erzählung ist zweifellos altmodisch, in ihrer schönen alten Sprache, in der novellistischen Tendenz der Binnenerzählung, in ihren Sujets, vielleicht auch in der abschließenden Imagination von Liebe. Wenn sie aber – und ich bin sicher, daß ihr dies gelingt –, wie der ›junge Schriftsteller‹ in seiner Frau, ›ein ansprechbares Du‹, ›eine ansprechbare Wirklichkeit‹ (Celan) findet und dadurch den ›modernen Destruktivismus‹ ebenso in Frage stellen kann wie die Romantiker die starre Gipsbüstenhelle der Klassik und die Ästhetizisten das hohle Fortschrittspathos der Gründerzeit, dann ist sie keineswegs ›vergeblich‹ geschrieben worden.«

Als Verehrer Goethes stört mich der Ausdruck Gipsbüstenhelle, aber ich muß doch zugeben, daß mir erst durch diese Fragmente aufgegangen ist, wie sinnreich die Erzählung ist. Ich hatte sie zunächst nur abgeschrieben, ohne mir viel dabei zu denken. Meinen detektivischen Ehrgeiz hat aber vor allem angestachelt, daß die Interpretin den Verfasser der Geschichte offensichtlich kannte und sich von ihr persönlich angesprochen fühlte. Ich hätte daher nicht nur gern die ganze Interpretation kennengelernt, sondern auch ihre Urheberin. Es ist mir jedoch nicht gelungen, sie unter dem angegebenen Namen zu ermitteln. Eine Sabine Hofstaedter reagierte freilich am Telephon recht merkwürdig. Sie kenne keinen Friedrich und keinen Fritze, sie habe mit der Sache auch nichts zu tun, und ich solle das Spionieren unter falschen Vorwänden lassen.

Einige weitere Nachforschungen habe ich aber doch angestellt. Beim Playboy war zunächst nur zu erfahren, daß es eine solche Preisausschreibung gegeben hat. Allerdings betrug die Preissumme im Gegensatz zu Fritzes Angaben lediglich zwanzigtausend Mark. Auch seien Begründungen der Ablehnung, wie Fritze sie zitiert, damals wegen der unerwarteten Masse von Einsendungen nicht versandt worden.

Einige Tage später rief mich jedoch die Chefsekretärin der Zeitschrift an, die bei meinem Besuch krank war. Sie hatte seinerzeit die Kopien für die Jury angefertigt und erinnerte sich, eine Erzählung des Titels zufällig gelesen zu haben, und sie hatte ihr sogar gefallen. Sie hätte das vermutlich trotzdem längst vergessen, wenn sie nicht einige Zeit später die Geschichte beim Bügeln noch einmal im Radio gehört hätte.

Meine Recherchen beim Berliner Sender ergaben dann, daß die Erzählung in einer Fassung mit zwei Sprechern tatsächlich gesendet worden war, allerdings war sie unter dem Namen Friedrich Apfelbaum archiviert. Die damals zuständige Redakteurin ist inzwischen in den Ruhestand gegangen, ich konnte sie aber aufsuchen: Eine faszinierende alte Dame, Tochter eines Skandalautors der Vorkriegszeit, seinerzeit sehr populär in Berlin. Sie erinnerte sich an Friedrich Apfelbaum als einen manchmal eigentümlich unsicheren, manchmal erstaunlich souverän wirkenden jungen Mann, der ihr, wie sie sich ausdrückte, oft »beduselt« erschien. Er gemahnte sie entfernt an ihren Vater, deshalb mochte sie ihn und hätte gern etwas für ihn getan.

Er habe dann auch verschiedentlich in der Kulturredaktion mitgewirkt, was jedoch bald auf Widerstand gestoßen sei. Namentlich hätten sich die seinerzeit meist politisch links stehenden Redakteure anläßlich eines von Fritze geführten Interviews mit einem Schriftsteller und Mauerspezialisten aufgeregt, Fritze habe dem Autor »Sentimentalitäten über die deutsche Teilung« förmlich in den Mund gelegt und damit die journalistische Distanzpflicht verletzt.

Dieser beduselte junge Mann habe dann in der Tat die fragliche Erzählung angeboten. Sie selber habe ihm geraten, wegen der Animositäten ein Pseudonym zu verwenden, woraufhin zu ihrer Belustigung die Erzählung von ebenjenem Kollegen, der sich vorher am abfälligsten über den Betreffenden geäußert habe, angenommen worden sei.

Und noch etwas fiel ihr im Laufe des Gesprächs ein. Es habe eine junge Dame angerufen und sie zu einer Übersendung des Textes überredet, was nicht üblich gewesen sei. An die wirklichen Namen beider Betreffender konnte sie sich nicht erinnern, jedoch spricht einiges dafür, daß es sich bei Friedrich Apfelbaum um Fritze gehandelt hat und daß die Anruferin die einfühlsame Interpretin war.

Mehr konnte ich nicht herausfinden, aber vermutlich wäre Fritze als Schriftsteller ohnehin kein anderes Los beschieden gewesen. Er wollte zwar, wie alle Künstler, eine andere Wirklichkeit, aber mit ihrem Schein wäre er nicht zufrieden gewesen. Auch ist unwahrscheinlich, daß er als Schriftsteller Erfolg gehabt hätte. Schließlich konnte sich ja auch an diese Geschichte kaum jemand erinnern. Daß sie jemanden beim Bügeln erfreut, wäre ihm aber vermutlich nicht unrecht.

VIII. STATION

Fritze muß eine Reise tun und fliegen lernen

Mirja hat sich die Augen asiatisch geschminkt und ein Band durch die Haare gezogen. Die Lampen in ihrem Zimmer sind mit bunten Tüchern verhängt. Was wird das, fragt Fritze. Wir verreisen, sagt Mirja, und lacht und zeigt auf zwei rostbraune Bonbons auf einem silbernen Teller. LSD von Sandoz mit schönen Grüßen von Timothy Leary. Ich denke, der sitzt im Knast, sagt Fritze. Nicht mehr, sagt Mirja, er ist gegangen, einfach so durch die verschlossenen Türen, also nehmen wir es. Ich weiß nicht, sagt Fritze, es sollen schon Leute verrückt geworden sein, Gedächtnisschwund, Sprachstörungen, mindestens Brechreiz, Zittern, Herzklopfen und Hitzewellen. Unsinn, sagt Mirja, Lysergsäurediäthylamid von Sandoz ist klinisch getestet. Außerdem braucht man nur Vitamin C zu nehmen, wenn man einen schlechten Trip hat, dann kommt man gleich wieder runter.

Fritze und Mirja warten und hören Pink Floyd, Umma Gumma. Es passiert ja nichts, sagt Fritze und wirft Kronkorken aus Mirjas Sammlung in die Luft. Sie erzeugen bunt strahlende Fäden. Fritz sammelt sie ein, sie vermehren sich. Fritze hebt die Hände zum Himmel, und Lichtbänder strömen aus in den Kosmos. Fritze löst sich auf. Ich bin Gott, sagt er. Mirja lacht und hört nicht auf zu lachen. Da wird sie eingezogen in eine schwarze Röhre, Fritze sieht sie nur noch am anderen Ende, ganz klein. Wurm, sagt er, ich werde dich zertreten. Mirja schnellt aus der Röhre, sie grunzt und öffnet einen riesigen stinkenden Rachen. Fritze packt das Ungeheuer und schüttelt es. Schwarzer Schleim tritt aus, es brüllt.

Mirjas Vater stürmt ins Zimmer, packt Fritze und wirft ihn zu Boden. Mirja röchelt und schreit und stürzt sich auf ihren Vater. Seid ihr wahnsinnig, brüllt der. Fritze kriecht in die Ecke, der Vater ohrfeigt Mirja und wirft sie aufs Bett. Sie weint. Der Vater zerrt Fritze ins andere Zimmer und schließt ab, bis der Notarzt kommt.

Kommt zu mir, die ihr mühselig und beladen seid, sagt Fritze. Mirja kniet vor ihm nieder. Fritze lächelt milde, streicht ihr über das Haar, hebt sie auf und geht mit ihr hinaus ins Grüne. Milde Luft umfächelt sie, und wohlriechende Pflanzen streicheln ihnen die Wangen. Aus allen Blumen lächelt Genias Gesicht, und eine Gloriole umgibt sie, nein, es ist das Gesicht seiner Mutter. O allerseligste Jungfrau Maria, Du wunderbare Mutter, zu Dir nehme ich meine Zuflucht. Fritze wacht auf. Mirja sitzt an seinem Krankenbett, hinter ihr steht der Arzt. Wie spät ist es, fragt Fritze. Drei Uhr, drei Tage später. Du bist völlig ausgetickt, und sie mußten dich abschalten. Wie fühlen Sie sich, fragt der Arzt. Ich weiß nicht, sagt Fritze, ist doch egal, ich hab die Klassenarbeit geschwänzt. Nun kommen Sie mal zu sich, dann sehen wir weiter. Die Bullen waren da, sagt Mirja, sie haben unsere Zimmer durchsucht. Bei mir haben sie nur die anderen beiden Sandoz gefunden und ein kleines Piece, das hatte ich vergessen. Scheiße, sagt Fritze, das Koks, die Engel, jetzt kann ich mich gleich aufhängen. Das war doch nicht mehr viel, sagt Mirja, frag mich mal, ich komme aufs Internat, in den Odenwald, das war es dann wohl mit uns. Ja, das war es, obwohl Mirja aus dem Internat bald wieder abgehauen ist. Sie hat dann einen Musiker geheiratet, und dann ist sie verrückt geworden und war sechs Jahre in der Klapse. Fritze hat sie später noch einmal gesehen, sie hatte sich kaum verändert, sie sah immer noch aus wie eine junge Apache, aber ihn hat sie nicht erkannt. Da war er sehr traurig, aber er konnte sowieso nichts für sie tun, es ging ihm selber nicht so gut.

Von Genia hat Fritze lange nichts gehört. Er ruft sie an, der Fidelprofessor ist am Telephon, er holt aber Genia, und Fritze hört noch, wie er sagt, sie soll nicht so lange machen, die Hälfte vergeht bei dem Burschen ja schon mit äh und öh. Fritze sagt, er hat eine Vision gehabt, sie ist ihm erschienen in überirdischer Schönheit, er hat jetzt ein anderes Bewußtsein, den Zugang zu einer anderen Welt, da will er dranbleiben, und er will sie mitnehmen. Genia sagt, in der Philosophie-AG haben sie Kant durchgenommen, es hat keinen Zweck, etwas sehen zu wollen, was man nicht sehen kann. Man träumt schon mal dummes Zeug, aber mit Vorsatz zu träumen ist albern. Fritze soll mal sehen, daß er seinen Posten in dieser Welt vernünftig verwaltet, wenn er denn einen erlangt, damit er sich als frei handelndes Wesen zeigt, sonst verliert sie alle Achtung vor ihm. Sie hat ihn ja nie geachtet, sagt Fritze, und nie verstanden, er hat das mal gedacht, aber das war auch nur Einbildung, und er ist sehr enttäuscht. Enttäuschung ist doch gut, sagt Genia, je weniger man sich täuscht, desto besser. Sie muß jetzt Schluß machen, sonst kriegt sie Ärger mit ihrem Vater. Ja, mach mal Schluß, sagt Fritze, ich auch, da kann sie ungestört mit dem blöden Moorhuhn rummachen. Ich mache rum, mit wem ich will, sagt Genia. Der erzählt jedenfalls nicht so viel Mist wie du. Ja, dann leck ihm doch seinen Hängearsch, sagt Fritze und knallt den Hörer auf.

Fritze muß zu Direktor Schilling. Fritze macht es ihm sehr schwer, er hat ihn immer verteidigt gegen alle Lehrer. Frau Pilokat, die hat ja immer noch Verständnis, wo nimmt sie das bloß her. Aber jetzt noch Drogen. Wie soll er das vertreten in einer Schule, die regelmäßig bei Jugend trainiert für Olympia gewinnt. Das Verfahren wird eingestellt, sagt Fritze. Dann nimmt er es noch einmal auf seine Kappe, sagt Direktor Schilling, aber das ist das letzte Mal. Man wird ja klüger, sagt Fritze. Hoffentlich, sagt Direktor Schilling, also reißen Sie sich jetzt noch sechs Monate am Riemen, dann ist die Tortur ja vorbei.

Am Kiosk bei der Schule stehen die Engel und ziehen sich ein Schultheiss. Na, Meister, bißchen Scheiße gebaut. Was machen wir denn jetzt, du Versager. Vergaser, sagt Fritze, ich bin ein Vergaser. Witzig, witzig, Sportsfreund, jetzt paß mal gut auf. Du hast noch eine Chance, da rauszukommen. Du fährst nach Amsterdam und holst was ab. Wenn das nicht klappt, bist du erledigt, ratz fatz. Hier ist der Zettel mit der Adresse. Ich kann mir nichts mehr leisten, sagt Fritze, wenn ich erwischt werde, bin ich endgültig am Arsch. Wenn du es nicht machst, bist du auch am Arsch, du Null. Frau Pilokat geht vorbei, schaut ihn aus ihren Mäuseaugen an und schüttelt den Kopf. Fritze nimmt den Zettel und geht ihr nach. Die Engel fahren auf ihren Harleys vorbei und winken. Er hat ein Problem, sagt er. Eins nur, sagt Frau Pilokat. Ja, und das ist lösbar. Er kann diese Woche nicht mehr in die Schule kommen, danach gibt es aber keinen Ärger mehr mit ihm, alles wird gut. Mir fehlt der Glaube, sagt Frau Pilokat, haben Sie heute schon etwas gegessen. Ich habe noch Bratkartoffeln, und wir machen uns ein Rührei mit Schnittlauch dazu. Sie sind wirklich unheimlich nett zu mir, sagt Fritze, und kommen auf jeden Fall in meinem Roman vor, aber ich kann jetzt nicht. Wenn es vorbei ist, erkläre ich Ihnen alles. Sie könnten sich mal die Haare schneiden lassen, sagt Frau Pilokat, Sie sehen langsam aus wie ein Nazarener.

Fritze fährt also nach Amsterdam. Unter der Adresse findet er eine Harley Davidson-Werkstatt. Er klingelt darüber, und ein großer Blonder öffnet. Der Cherub auf dem heiligen Berge, in der Mitte der feurigen Steine, sagt Fritze auf wie vereinbart. Fritze, alter Schwede, sagt Jimmy Hendrix, auch bißchen auf der Rolle, was. Siehst ja aus wie Jesus. Du als Kurier aus Berlin, da wäre ich nicht drauf gekommen. Ich bis vorgestern auch nicht, sagt Fritze. Was machst du hier, Jimmy. Ich glaube, ich werde noch verrückt. Du wolltest doch Fußballprofi werden. Hattest du nicht einen Vertrag beim VfL Bochum in Aussicht. Oder bin ich im falschen Film. Halt den Ball flach, alter Schwede, komm erst mal rein. Trübes Licht spiegelt sich an mit Silberfolie tapezierten Wänden. Auf einer Chaiselongue liegt ein rothaariges Mädchen und schläft.

Was mache ich hier. Was hole ich, fragt Fritze. H, sagt Jimmy, Diacetylmorphin, super Sahne, jedes Korn ein goldener Schuß, ihr müßt den Jungs sagen, sie sollen vorsichtig sein. Wollen wir probieren. Nee, sagt Fritze, mir reicht es langsam, ich komme ja nur noch in Schwierigkeiten. Bist du bekloppt, sagt Jimmy, holst Ware im Wert von ein paar hunderttausend, die Kohle liegt hier schon, und probierst nicht. Was ist, wenn ich dir Kalkbrocken andrehe oder Speed oder irgendeine Scheiße. Die rösten dich bei lebendigem Leibe. Sauberes Heroin ist die Königin aller Rauschmittel. Wenn du damit vernünftig umgehst, bist du der König. Mit Heroin wirst du hundert Jahre alt, darfst nur keinen Dreck schießen, Rattengift und so. Wie geht das, fragt Fritze.

Ganz einfach, sagt Jimmy. Man erwärmt das Heroin in einem Löffel oder einer durchgeschnittenen Bierdose über einer offenen Flamme. Dann zieht man die entstehende wasserklare Flüssigkeit in einer Pumpe, also einer gewöhnlichen Einwegspritze, auf. Bei wenig Übung bindet man eine Vene ab und spritzt sich den Inhalt. Besser als die Armvenen sind die an den Beinen, da sehen die Bullen nicht gleich die Einstiche, falls du mal Probleme hast, noch besser sind die Tränensäcke von innen, da sieht man gar nichts. Das muß man aber können. Soll ich es dir machen. Nee, sagt Fritze, ich habe Augenangst, und wenn du Freuds Interpretation von E. T. A. Hoffmanns Sandmann gelesen hast, hatten wir gerade in der Deutsch-AG, dann weißt du, was das bedeutet. Ich lese nur Comics, sagt Jimmy, die Fähigkeit zur Lektüre zusammenhängender Texte ist mir abhanden gekommen. Also, in den Arm, aber auf dein Risiko, du mußt ja über die Grenze. Dauernd, sagt Fritze. Ihm wird ganz warm, er lächelt, und siehe: alles ist gut. Na dann auf Wiedersehen in einer anderen Welt, sagt Jimmy.

Fritze läuft durch den Regenwald. Die Tropfen glitzern auf den Blättern, Vögel zwitschern, jemand brät ein Spiegelei, und es riecht nach Kaffee. Wach auf, Jesus, sagt eine sanfte Stimme. Von den roten Haaren des Mädchens fallen Tropfen auf Fritzes Gesicht, wie bei der Oma, wenn sie mit dem nassen Waschlappen kam. Fritze schlägt die Augen auf. Vor ihm steht ein Toast mit Ei und Erdbeermarmelade. Daneben liegt eine aufgezogene Einwegspritze. Beeil dich, sagt das Mädchen, wir müssen weg. Keinen Hunger, sagt Fritze und setzt sich auf. Du mußt aber was essen, sonst hast du keine Nerven, sagt sie und packt Sachen zusammen. Sie reißt ein verschnürtes Paket auf, wirft Fritze ein Bündel Dollars zu und verstaut den Rest in einer schwarzen Adidas-Tasche. Hier ist das Zeug, sagt sie und legt ihm ein Sitzkissen hin. Ajax Amsterdam steht darauf. Wo ist Jimmy, fragt Fritze und beißt in seinen Toast. Das Mädchen deutet mit dem Kopf. Fritze dreht sich um. Hinter ihm liegt Jimmy auf dem Rücken und starrt an die Dekke. Fritze faßt ihn an die Schulter, er ist steif. Der ist tot, sagt Fritze und schnappt nach Luft. Dann fängt er an zu schreien. Die Rothaarige hält ihm den Mund zu. Bleib ruhig, keucht sie, der wollte das. Fritze würgt und spuckt und tobt. Das Mädchen dreht ihm den Arm auf den Rücken und setzt ihm die Spritze. Ruhig, sagt sie, ganz ruhig.

Jimmy hatte keinen Bock mehr. Seine Freundin ist bei einem Rockkonzert erstochen worden. In einem Gedränge. Er hat es nicht mal gemerkt, weil er total zu war. Seitdem ist er fertig mit der Welt. Dabei war er immer so lustig. Wie kommt es, daß er einfach so, ich meine, tot ist, fragt Fritze. Ganz einfach: tödliche Dosis. Wie heißt du, fragt Fritze. Nenn mich Doris, sagt Doris, komm jetzt, in der Werkstatt arbeiten sie schon, gleich steht einer vor der Tür. Fritze faßt sich an den Kopf, die Haare sind ab. Ich hab sie dir geschnitten, sagt Doris, sonst fällst du im Zug sofort auf.

Doris fährt Fritze in ihrem roten Kadett zum Bahnhof. So, mach es gut, sagt sie, viel Glück. Ich habe irgendwie Angst, sagt Fritze, kann ich nicht bei dir bleiben. Duett komplett, im roten Kadett. Nein, sagt Doris, den tausche ich gleich aus, der liegt morgen im Hafenbecken, ich kann dich nicht da reinziehen, du hast ja keine Ahnung. Und wenn ich dich anzeige, sagt Fritze. Mach dich nicht unglücklich, sagt Doris, vielleicht bin ich morgen schon kalt. Und jetzt ab. Ich bete für dich, sagt Fritze, bevor er die Tür zuschlägt. Doris lacht und gibt Gas.

Fritze starrt durch das Abteilfenster. Wolken ziehen auf. Ein heftig wehender Wind vor dem hellen Himmel zerreißt sie zu Fetzen. Der Wechsel des Lichts schmerzt seine Augen und erregt eine trockene Sehnsucht in seiner Brust. Die Worte dazu kann er nicht finden. Die Wolken verdichten sich, und der Regen schreibt seltsame Zeichen auf das Glas. Weh mir, wo nehm ich, wenn es Winter, die Blumen, und wo den Sonnenschein. Fritze setzt sich aufrecht. Wo aber Gefahr ist, da wächst das Rettende auch, sagt er entschlossen. Hölderlin, sagt der alte Herr ihm gegenüber, was droht Ihnen. Sie sehen bedrückt aus und blaß, wenn ich das sagen darf. Sie dürfen, sagt Fritze, es ist aber nichts, nur eine Klassenarbeit, die letzte vor dem Abi. Schön, daß Hölderlin noch auf dem Lehrplan steht, der hat mir viel geholfen in schwerer Zeit, sagt der alte Herr und betrachtet das Sitzkissen, waren Sie beim Spiel. Ja, sagt Fritze, das Kissen war teuer, da habe ich es mitgenommen als Andenken, darf ich Sie was fragen. Natürlich, sagt der alte Herr. Hatten Sie schon einmal das Gefühl, auf der erdabgewandten Seite des Mondes zu existieren. Nicht direkt so, sagt der alte Herr, aber dem Sinne nach schon, im Krieg, als die Deutschen kamen. Aber davon möchte ich nicht sprechen, schon gar nicht zu einem Deutschen, bitte entschuldigen Sie, Sie können ja nichts dafür, Sie sind so jung. Das tut mir leid, sagt Fritze, nur die eine Frage noch, wie ging es vorbei. Sie sehen so heiter aus und gelassen, und so nett sind Sie. Danke, junger Mann, sagt der alte Herr, ich glaube, man muß Geduld haben und warten, bis sich alles dreht, aber man braucht auch Hilfe. Der Mensch ist ja nicht allein auf der Welt, Gott sei Dank. Sind Sie gläubig, wenn ich fragen darf. Ich weiß nicht, sagt Fritze, irgendwie schon. Jüdisch, fragt der alte Herr. Ich glaube nicht, sagt Fritze, sehe ich so aus. Der Zug fährt in den Grenzbahnhof ein. Der Bahnsteig ist voller Grünröcke. Mir ist nicht gut, sagt Fritze, könnten Sie auf mein Kissen aufpassen, ich hänge daran. Ich setze mich darauf, sagt der alte Mann, dann kann nichts passieren, trinken Sie einen Schluck Wasser.

Fritze sitzt auf der Toilette. Er hat Durchfall und muß brechen. Es klopft, Zollkontrolle, bitte öffnen Sie, die Benutzung der Toilette auf Bahnhöfen ist verboten. Ein Notfall, sagt Fritze, mir ist schlecht. Sofort aufmachen! Fritze öffnet, bleibt aber sitzen. Der Beamte steckt den Kopf herein und zuckt zurück. Das stinkt ja wie die Beulenpest, sagt er zum Kollegen, dem ist wirklich schlecht. O mein Gott, von ganzem Herzen danke ich Dir für das Gute, das Du mir heute erwiesen hast. Stehe mir bei und erleuchte mich, daß ich meine Undankbarkeit recht erkenne und von Herzen bereue, damit, wenn ich dieser Tage sterben sollte, ich dadurch von Deiner Anschauung nicht zurückgehalten oder ewig von Dir getrennt werde. Und Herr, gib Deine Gnade auch der roten Doris und nimm Jimmy Hendrix bei Dir auf. Heilige Maria, bitte für sie. Sie sehen viel besser aus, sagt der alte Herr, mit der Klassenarbeit, das wird schon, Gottvertrauen. Ja, sagt Fritze, ich glaube jetzt auch.

Am Bahnhof Zoo ruft Fritze Bernd an. Bernd sagt Herr Müller zu ihm, Herr Müller soll ihm die Nummer von der Telephonzelle geben, er muß direkt los, aber er ruft gleich zurück. Fritze bleibt in der Zelle, draußen wartet ein Pakistani mit einem Strauß Rosen. Es schnarrt, Bernd redet lange, der mit den Rosen klopft, Fritze winkt ab. Gut, sagt er am Ende nur. Eine Rose, bitte, was macht das. Fünf, sagt der Pakistani. Betrüger, sagt Fritze, und gibt ihm zehn Dollar.

Die Übergabe soll im Rohbau der Architektur-Fakultät an der Straße des 17. Juni stattfinden, im Kellergeschoß. Fritze hat das vorgeschlagen, er kennt sich da aus, das Milli Vanilli ist immer noch geschlossen. Außerdem ist es ihm da zu heiß. Aber keine Zicken, hatten die Engel gesagt. Die Harleys stehen schon da. Fritze geht hinein, im Keller ist niemand zu sehen. Da setzt ihm einer von hinten ein Messer an die Kehle, der andere klopft ihn ab. Die Engel lachen. Na, du Napfsülze, Schiß gehabt. Und wie, sagt Fritze. Die Engel lachen noch mehr. Einer schlitzt das Kissen auf, öffnet ein Päckchen aus der Mitte und prüft den Inhalt vorsichtig mit der Zunge. Alles claro, er teilt drei Päckchen ab. Hier ist dein Anteil, du Nase, das Messer schenke ich dir für die Vendetta, fahr zur Hölle. Danke gleichfalls, sagt Fritze, nimmt die Päckchen und das Messer und geht nach hinten ab, die Engel nach vorn. Drei Polizeiwagen stehen um die Harleys, Maschinenpistolen sind im Anschlag. Hände hoch, Polizei, alles fallen lassen, keine Bewegung. Handschellen klicken. Wer zuletzt lacht, sagt Fritze zu dem Zivilen, der ihn erwartet. Gut gemacht, sagt der, aber sprich das nächstens vorher mit uns ab, sonst lachst du nicht mehr lange. Wir haben was für dich, kannst du Bier zapfen und so. Klar, sagt Fritze, meine Mutter hatte eine Kneipe. Erzähl keinen Unsinn, sagt der Lederjackenträger, wir wissen alles über dich. Du kennst die Disco in der Genthiner Straße. Melde dich bei Siggi. Hier ist ein Photo. Klaus Rottluff, Rechtsanwalt, Strohmann für die Lizenz. Präg dir die Visage ein und verbrenn es dann. Wir wollen wissen, wie oft er da ist und mit wem er sich trifft. Alles klar, sagt Fritze, was ist mit Bernd. Dem geht's gut, wir haben ihn in den Urlaub geschickt, auf Staatskosten, weil er so schön gesungen hat. Da gehen jetzt einige hoch, aber halt die Klappe, du gefährdest dich nur selbst.

Fritze geht, die Hand mit den Päckchen in der Jacke. Über den Ernst-Reuter-Platz fegt der Wind und zaust an seinem Haar. Er hält sich die freie Hand vor den Kopf, belästigt vom Gedanken an die Zerbrechlichkeit der Dinge. In der Knesebeckstraße geht er in eine Apotheke und kauft eine Packung Einwegspritzen. Bitte werfen Sie die gebrauchten Spritzen nicht einfach weg, sagt der Apotheker, benutzen Sie die Entsorgungseinrichtungen. Sie sind hier auf der Broschüre aufgeführt. Ich brauche sie bloß für einen Spaß, sagt Fritze. Spaß ist Ansichtssache, sagt der Apotheker.

An dieser Stelle hat Fritze einen Brief von Direktor Schilling an seine Eltern eingeklebt.

Leider sehen wir uns nunmehr nicht mehr in der Lage, Friedrich auf unserer Schule zu behalten. Ich wollte ihn in einem Gespräch bitten, den Abgang von sich aus zu vollziehen, jedoch bleibt er seit zwei Wochen dem Unterricht fern und konnte in seiner Wohnung nicht angetroffen werden. Deshalb fällt mir nun die unangenehme Pflicht zu, Ihnen den mit lediglich einer Gegenstimme gefaßten Beschluß der Lehrerkonferenz mitzuteilen, Friedrich von der Schule zu verweisen.
Ich darf Ihnen versichern, daß wir alles nur Denkbare getan haben, um Friedrich den Schulabschluß doch noch zu ermöglichen, ja, wir sind ihm weit über Gebühr entgegengekommen. Gerade die jüngeren Kollegen waren von Anfang an von seinem anmaßenden Verhalten verstört, sich häufende Fehlzeiten und ständiges Versäumen der Hausarbeit führten zu geradezu erbitterten Forderungen nach Konsequenzen, die ich nur unter Aufbietung von Engelszungen abwehren konnte.
Mehrere inner- und außerschulische Vorfälle im Zusammenhang mit ungesetzlichen Rauschmitteln, zu denen ich mich hier nicht weiter äußern darf, hätten allein für den Schulverweis ausgereicht, der nur durch flehentliches Bitten einer Kollegin ein letztes Mal aufgeschoben werden konnte. Trotz Friedrichs heiliger Versprechungen stellte sich jedoch – auch zur großen Enttäuschung der Kollegin, die mir aufrichtig leid tut – keinerlei Verbesserung ein. Im Gegenteil wurde eine zunehmende Verwahrlosung und eine fortschreitende Persönlich-

keitsveränderung hin zum verstörend Kindischen und Aufsässigen wahrgenommen, die sich zuletzt in aggressiver und roher Weise ausgerechnet gegen die besagte Kollegin richtete. Für erheblichen Widerwillen besonders beim weiblichen Lehrkörper sorgten auch die sich vermehrenden Eiterbeulen in seinem Gesicht, die meines Erachtens dringend der Behandlung bedürfen.
Die Lehrerkonferenz ist daher fast völlig einmütig zu dem Schluß gekommen, daß auf Friedrich mit schulischen Mitteln kein Einfluß mehr genommen werden kann. Es gilt nun, geeignete Maßnahmen zu ergreifen, die ein weiteres Abrutschen verhindern. Ich kann nur hoffen, daß sich dafür Mittel und Wege finden werden, und wünsche von Herzen, daß Ihnen ein Übermaß der Sorge erspart bleiben möge. Für ein persönliches Gespräch stehe ich Ihnen jederzeit zur Verfügung, falls Sie die Reise auf sich nehmen wollen.

Hier findet sich auch Fritzes Abgangszeugnis. Die Noten sind gar nicht so schlecht.

Fritze tanzt quer über die Kreuzung am Kranzlereck durch hupende und bremsende Autos. Seine Beine stekken in einer beuteligen Trainingshose, seinen Oberkörper umhüllt ein Wams aus Perserteppich. Die beiden Teile haben nichts miteinander zu tun. Fritze steuert die Bushaltestelle vom Neunzehner Bus an. Am Kantstein dreht er sich um und segnet den Verkehr. Dann wendet er sich zu den wartenden Fahrgästen. Gott zum Gruße, sagt er, Gedichte zu verkaufen. Dein persönliches Gedicht für fünf Mark. Varrückte jibt et, sagt eine alte Dame. Verrücktsein ist eine Frage des Standpunkts, werte gnädige Frau, sagt Fritze, ein neues Bewußtsein kann auch Sie noch treffen. Det hat mir jrade noch jefehlt, sagt die alte Dame, hier hasten Heiermann, nu rück ma raus mit det Jedichte. Fritze verstaut das Fünfmarkstück umständlich in einer Geldkatze, die er aus einem Loch in dem Teppich fischt und dort wieder verschwinden läßt. Auf einem eselsohrigen Schreibblock entsteht nun das persönliche Gedicht. In dieser Welt, die das Geld für wichtig hält, ist Freundlichkeit der Weg, wenngleich ein schmaler Steg. Nu, nich janz falsch, sagt die alte Dame, und steckt den Zettel in ihre Handtasche. Beim Verfassen von kommerziellen Gedichten geht es darum, die Erfahrung auf einen einfachen Gedanken zu reduzieren. Je allgemeingültiger er ausfällt, desto größer ist die Wahrscheinlichkeit, daß der Adressat darin sein persönliches Problem wiedererkennt. Wahrscheinlich bezieht die alte Dame nur eine schmale Rente.

Blaß sieste aus, sagt sie, und Pickel haste im Jesichte, nimmste Drogen. Clearasil wär besser. Klar nimmt Fritze Drogen, das sollte sie auch mal probieren. Er empfiehlt zum Einstieg grünen Türken, der ist im Augenblick von guter Qualität und reizt die Atemweg nicht dermaßen wie schwarzer oder gar roter Afghane. Wenn alle kifften, stünde es um diese Welt besser. Das hat Fritze in gleichlautenden Telegrammen dem Präsidenten der Vereinigten Staaten, dem Generalsekretär der Kommunistischen Partei der Sowjetunion und dem deutschen Bundeskanzler bereits mitgeteilt und seine Hilfe bei der Herstellung des Weltfriedens angeboten. Und wat ham se jesacht, will die alte Dame wissen. Sie haben es ignoriert, und das hat Fritzes Meinung über die Fähigkeiten von Politikern nicht verbessert. Säße man freilich bei einem Pfeifchen einmal zusammen, so würde er sie schon überzeugen.

Hier hat Fritze noch einige seiner Gedichte eingeklebt. Da sie alle von ungefähr gleicher Güte sind wie das angeführte, erspare ich sie dem Leser.

Die alte Dame lacht. Fritze lacht auch und lacht immer mehr und immer lauter und wankt und stürzt zu Boden und bleibt liegen im Rinnstein. Blut läuft ihm aus Mund und Nase. Er lacht tonlos weiter. Der Neunzehner kann gerade noch bremsen. Es kommt der Notarztwagen und bringt Fritze in die Bonhoeffer-Anstalten, genannt Bonnies Ranch. Das Licht, sagt Fritze, als er aufwacht, der Horror, mein neunzehnter Nervenzusammenbruch. Die Schwester kühlt ihm die Stirn mit einem Schwamm. Essig und Galle, sagt Fritze. Das sind nicht nur die Nerven, sagt der Arzt, Ihre Leber ist auch nicht mehr die beste für Ihr Alter. Ich bin der Alte der Tage, sagt Fritze, aber die Zeit ist noch nicht gekommen, die Pforten der Wahrnehmung nicht gereinigt. Die Zeit des Zögerns aber ist vorbei, zünde Feuer, zünde Feuer, zünde Feuer. Beruhigen Sie sich, sagt der Arzt, wir geben Ihnen noch eine Spritze, es wird Ihnen bald besser gehen.

IX. STATION

*Fritze hat Schwären und muß
Risse zeichnen*

Die Eltern müssen Fritze wiedernehmen. Ich kann ihn nicht ertragen, sagt der Vater, wenn ich seine Eiterbeulen sehe, wird mir schlecht, und was sollen die Leute denken. Ich habe einen Ruf zu verlieren. Es ist doch unser Sohn, sagt die Mutter, wo soll er denn hin, der Lazarus. Dein Sohn, sagt der Vater, nach mir kommt er nicht, der ist mir wesensfremd. Fritze bleibt den ganzen Tag in seinem Kinderzimmer und raucht und kommt nur zum Essen herunter. Er muß sich aber an die kurze Seite des Tisches setzen. Was soll aus dir werden, fragt der Vater. Weiß nicht, sagt Fritze.

Fritzes Mutter trifft Genia in der Stadt. Kann sie nicht kommen und mit ihm reden, wir kommen nicht an ihn heran. Das Haus hat er seit drei Monaten nicht verlassen, er kapselt sich völlig ab und sagt nur ja und weiß nicht. Genia ist mit einem reichen Unternehmer zusammen, ohne Moos nichts los, sagt sie immer, der Mensch lebt nicht vom Geld allein, es dürfen auch Aktien und Immobilien sein. Sie hat ein Haus in Südfrankreich und eine Yacht im Hafen von St. Tropez, wenngleich leider nur weiter vorn, wo der Pöbel parkt, und trinkt rosa Champagner. Der Bauunternehmer hat ihr den Garten einen Meter aufgeschüttet, damit sie auch im Sitzen das Meer sehen kann. Es hat keinen Zweck, sagt sie, jahrelang hat sie auf Fritze eingeredet. Fritze ist ein Spinner, wenn man sich einmal umdreht, hat er schon was anderes im Kopf. Er kann alles und nichts. Er hält sich für den Herrscher der Welt, dabei kriegt er nichts zustande, außer alles in sich hineinzustopfen, was den Kopf blöd macht. Und zuletzt wurde er auch noch aggressiv. Einmal hat er sie an den Haaren durchs Zimmer geschleift und an der Heizung festgebunden. Das war aber nur, hat mir Fritze gesagt, weil Genia ihn mit dem Karatelehrer betrogen hatte. Der war bisexuell, und ein Schriftsteller, der mit Büchern über Schlesien reich geworden war, hatte ihn adoptiert und ihm gleich einen roten Mercedes Benz 190 16V mit Heckspoiler geschenkt, das Straßenmodell von der Tourenwagen-Meisterschaft. Da wollte Fritze ihr mal zeigen, auf was für ein Niveau sie gesunken war. Jetzt ist er aber ganz klein mit Hut, sagt die Mutter, und Drogen nimmt er keine mehr. Er trägt einen Hut, sagt Genia. Nein, sagt die Mutter, wie kommst du darauf.

Genia tritt ins Kinderzimmer. Es riecht muffig und nach Gras, sie kennt das noch. Fritze sitzt auf dem Teppichboden und raucht aus einem Steinpfeifchen. Was willst du, sagt er, dich an meinem Unglück weiden. Mensch Fritze, sagt Genia, niemand ist zum Unglück geboren, was ist los mit dir. Das wirst du nie verstehen, sagt Fritze, aber wenn du es hören willst, bitte. Fritze schweigt eine Weile, nimmt einen Zug aus dem Pfeifchen und hebt an.

Ich war im Paradies beim Alten der Tage. Leicht war der Eingang, doch dann ging ich hinaus zum hinteren Tore und wurde geschlagen mit der Schärfe des Schwertes und versehrt mit bösen Schären. Ein Wind von der Küste hat gesengt meine Hülle, und ich habe zerrissen mein Kleid. So ging ich weiter einsam und nackt, und kein Stern leuchtete mir. Ich gelangte ins Herz der Finsternis und sah mein Leben, und der Tag ging verloren, an dem ich geboren ward. Da fiel ein Feuer vom Himmel und verbrannte meine Seele ganz. Haut für Haut hab ich gelassen für nichts. Gestorben bin ich von Mutterleib an. Wo soll nun die Kraft sein, daß ich möge beharren. Das frage ich dich, die du mich verraten hast, noch ehe der Hahn krähte.

Genia schüttelt sich und nimmt einen Zug aus ihrer Astor. Fritze, sagt sie, du bist verrückt. Nein, nicht verrückt, durchgedreht, was weiß ich. Das ist doch alles mystischer Mist, was du erzählst, wo hast du diesen Kitsch bloß her. War nur ein Spaß, sagt Fritze. Sehr witzig, sagt Genia, aber deine Späße versteht kein Mensch. Du lebst hier in dieser Welt, du mußt dir deine reale Lage vor Augen führen und vernünftige Fragen stellen. Wovon willst du leben. Willst du für den Rest deiner Tage deinen Eltern auf der Tasche liegen. Was du brauchst ist Liebe, sagt Fritze, du machst die Beine breit für die Knete, und die Tasche liegt auf dir, als Fettbauch, und fühlen tust du nichts mehr. Eines Tages wirst du es verstehen. Liebe gibt es nicht für Geld. In mir hättest du einen Freund gehabt. Diamanten sind mein bester Freund, sagt Genia, und über meine Gefühle mach dir bitte keine Gedanken. Sie fischt ein neues Päckchen Zigaretten aus ihrer Aigner-Handtasche, wirft es aber wieder hinein und geht. Das Dunhill-Feuerzeug hat Fritze in seiner Beutelhose verschwinden lassen.

Es hat keinen Sinn, sagt sie zu den Eltern, ich bin falsch. Ich habe neulich in Berlin seinen Bruder getroffen, im Estiatorio, der hat gesagt, ehe Fritze sein verdrehtes Vaterproblem nicht löst, ist mit ihm nicht zu reden. Ja, sagt der Vater, ein Vaterproblem, das ist ja heutzutage modern, und die Eltern sind an allem schuld. Daß wir uns krumm gelegt haben für die Kinder, das interessiert keinen Menschen mehr, und wie man nach dem Krieg strampeln mußte, davon wollt ihr nichts wissen. Das war bestimmt nicht leicht, sagt Genia, mein Vater mußte auch jahrelang warten, ehe er eine Professur bekam, die Konservativen haben ihn systematisch behindert, er konnte nicht mal mehr seine Bücherrechnung bezahlen, es tut mir sehr leid für Sie, ich muß jetzt gehen. Diese Brettmarie, sagt die Mutter, war nie was für Fritze. Wenn er bloß ein anständiges Mädchen kennengelernt hätte. Dazu muß man selber erst anständig sein, sagt der Vater.

Fritze hat Ultralan auf seine Beulen aufgetragen. Es hat aber nichts genützt, sie wurden immer schlimmer und verbreiteten sich auf dem Rücken. Fritze trifft den Schneider Hesse in der Stadt, der lebte um die Zeit noch. Der Schneider Hesse sagt, Fritze sei doch ein schöner Mensch trotz seiner geringen Größe, Entschuldigung, seiner zierlichen Gestalt, und es sei eine Schande für einen schönen Menschen, so herumzulaufen. Bei ihm selbst sei zwar nichts mehr zu retten, die Falten würden immer tiefer, besonders um die Mundgegend, Fritze könne sich vielleicht noch erinnern, wovon das komme, und die Augenringe immer schwärzer. Immerhin, bevor in die Öffentlichkeit er sich begebe, tue er alles, um nicht einen zu unerfreulichen Anblick zu bieten. Einmal habe er auch gar unter Furunkeln und Karbunkeln gelitten, besonders in der rückwärtigen Gegend, was unter seinesgleichen eher noch unangenehmer sei als unter normalen Menschen. Christian habe ihm einen sehr guten jungen Arzt empfohlen, der in dem katholischen Krankenhaus tätig sei. Der habe ihm schnell helfen können, obgleich die Prozedur nicht ohne Schmerzen abgegangen sei, in der Gegenwart des properen jungen Herrn sei das aber erträglich, um nicht zu sagen von einem gewissen Reiz gewesen. Christian, sagt Fritze. Ja, Christian Murrhahn, sagt der Schneider Hesse, ein sehr kultivierter Mensch, du kennst ihn, glaube ich. Er ist jetzt am Max-Planck-Institut und forscht über das Fliegenauge. Sehr interessant, gerade neulich hat er mir die ganze Nacht davon erzählt. Weder die Fliege noch wir sehen, was wir sehen, das heißt, wir sehen schon etwas, aber wir ordnen das zu Ganzheiten, die wir gebrauchen können. Das Gedächtnis spielt dabei eine entscheidende Rolle. Das hat mit Prousts Suche nach der verlorenen Zeit zu tun, sagt Christian, ich weiß nicht, ob ich es richtig verstanden habe, es war ja schon spät, und einige Täßchen Cognac hatten wir schon zu uns genommen. Die Fliege hat ja nur ein kleines Hirn, aber bei so einem wie Proust mußte sich das ja ganz anders auswirken. Hör bloß auf, so was erzählt dir die Schwuchtel, sagt Fritze, dachte ich es mir doch. Schwuchtel ist ein verfehlter Begriff, sagt der Schneider Hesse, wobei ich beileibe nichts gegen Schwuchteln habe, sofern sie unterhaltsam sind. Erotisch jedoch fühle ich mich eher zu normalen Menschen hingezogen, denen etwas fehlt. Christian sagte neulich, Frauen sind wie Zigaretten, sie schmecken gut, aber lassen unbefriedigt. Oscar Wilde, sagt Fritze, was Eigenes fällt ihm nicht ein. Wenn er bei Genia unbefriedigt war, dann wußte er eben nicht, wie man sie behandeln muß.

Da muß man doch aufpassen, daß man sich nicht an den Knochen stößt, Entschuldigung, ich verstehe ja nichts davon. Christian braucht jedenfalls ab und zu etwas Sublimeres, doppeltes Vergnügen, sagt er immer, ich weiß gar nicht, ob ich das hätte sagen sollen, aber egal, so bin ich eben, warum verbergen die Menschen immer alles voreinander. Ich traue den Menschen nicht, bevor ich nicht ihr Teil gesehen, das ist wahrscheinlich auch keine verläßliche Größe, aber ich kann nicht anders. Die Menschen sind jedenfalls verschieden, wer sollte das besser wissen als ein Maßschneider. Du bist übrigens immer noch Linksträger. Geh mal in die Klinik, du wirst mir noch danken. Das Trou hat übrigens wieder aufgemacht, vielleicht sehen wir uns da. Ich gehe abends gar nicht mehr raus, sagt Fritze. Das ist ein

Fehler, sagt der Schneider Hesse, nur in der Nacht lernt man die Menschen kennen, im Guten wie im Schlechten, auf eigene Gefahr natürlich. Ich weiß, sagt Fritze, deshalb lasse ich es ja sein. Ach so, sagt der Schneider Hesse, der junge Mann hat in Berlin viel gelernt. Ja, sagt Fritze, aber nichts Vernünftiges. Die Vernunft, sagt der Schneider Hesse, ist ein untreues Weib.

Der Arzt mit dem drahtigen schwarzen Haar und dem sauberen Teint diagnostiziert eine entzündliche Talgdrüsenerkrankung unklarer Herkunft, charakterisiert durch eitergefüllte Zysten und vereinzelt schon fistelnde Infiltrate und Abszesse. Er zeigt Fritze Photos von Menschen, die jahrelang Ultralan oder andere Kortikosteroide benutzt haben. Elephantenmenschen, sagt Fritze, warum darf so etwas verkauft werden. Profitinteressen, sagt der Arzt, was sonst. Und weil keiner sich mehr dem Schmerz aussetzen will, ob Fritze dazu bereit ist. Schmerz ist die einzige Realität, sagt Fritze. Er muß sich ausziehen und auf einen Hocker setzen, unter die Achseln werden zwei große Tampons geklemmt. In alle Beulen werden Holzpfeile gebohrt, die mit einem Schwefel-Resorcinpräparat getränkt sind, das hier im Haus entwickelt worden ist, sagt der Arzt. Er bearbeitet das Gesicht, die Schwester Oberin den Rücken. Fritze schwitzt, die Tampons müssen alle fünf Minuten ausgewechselt werden, aber er verzieht keine Miene. Tapfer wie der heilige Sebastian, sagt die Schwester Oberin. Fritze versucht, sich umzublicken, und ihr Gesicht zu sehen, aber er kann nicht. Nach drei Tagen sieht alles schon viel besser aus, Fritze kann auch eine antiseptische Deckcreme auftragen. Er sieht richtig hübsch aus, schon fast wieder, sagt die Mutter. Wenigstens verdirbt er einem nicht mehr den Appetit, sagt der Vater.

Hier hat Fritze ein mit Blumen verziertes Blatt eingeklebt, das er zum Geburtstag seiner Mutter angefertigt hat. Darauf steht: Ich hab ja nichts so lieb so lieb, wie dich, mein Mütterlein. Es müßte denn der liebe Gott im Himmel droben sein. Den lieb ich, weil er dich mir gab, und weil er mir erhält, das allerliebste Mütterlein auf Gottes weiter Welt.

Tief drinnen ist er doch ein guter Kerl geblieben, sagt die Mutter, manchmal denke ich, er ist immer noch mein Tierlein. Willst du es nicht mit ihm versuchen. Er könnte eine Lehre bei dir machen, als Bauzeichner, du könntest ihm so viel beibringen, und wenn er erst etwas gelernt hat, wenn er sieht, daß man durch Arbeit etwas erreichen kann, dann kriegt sein Leben wieder einen Sinn. Die Baukunst ist der Ausdruck eines Ordnungswillens, sagt du doch immer. Er bringt doch nichts, sagt der Vater, er hat doch nie was gebracht. Früher große Fresse und wenig dahinter, jetzt kleinlaut und gar nichts mehr dahinter, Ordnung schon gar nicht. Diese schizophrene Schrift, wenn ich die schon sehe. Aber die Blumen sind doch schön gemalt, sagt die Mutter, außerdem wird doch bei Bauplänen eine Schablone benutzt. Ich brauche keine Schablone, sagt der Vater, also meinetwegen, ich hoffe nur, wir machen uns nicht unglücklich.

Fritze lernt also am Reißbrett, wie und in welchem Maßstab man Grundrisse und Ansichten zeichnet und wie die Funktionselemente markiert werden. Er tut, was der Vater ihm sagt, und spricht nicht viel. Ihm fehlt die Begeisterung, sagt der Vater zur Mutter, aber er macht es gar nicht schlecht, Pflichtbewußtsein reicht fürs erste, vielleicht lernt er doch noch Ordnung und Unterordnung. Die Wünsche des Bauherrn sind unmittelbar zu Gott, soll Fritze sich merken. Er soll lernen, ein Bauprogramm aufzustellen. Der Vater ist der Bauherr und äußert seine Wünsche zur Zweckbestimmung, Lage, Abmessung, Heizung und Belichtung und vor allem zum Charakter des Bauwerks in bezug auf die Lebenseinstellung des Bauherrn und seiner Familie. Fritze notiert mit Eifer. Diese Schrift, sagt der Vater, kann er das denn selbst noch lesen.

Fritze soll zum ersten Mal einen Vorentwurf selbstständig zeichnen. Ein prächtiges Schloß, sagt der Vater, das steht wohl irgendwo im Phantasieland. Und wo sind die Versorgungsanschlüsse für Wasser, Strom, Gas und Scheiße. Also muß Fritze lernen, Bebauungs- und Bauleitpläne zu lesen, und er muß die wichtigsten baupolizeilichen Anforderungen auswendig kennen, und im Praktikum lernt er die verschiedenen Baustoffe und beschäftigt sich mit den Bestimmungen zur Vergabe und Ausführung von Bauleistungen. Vor allem aber sind die allgemeinen Bauregeln zu beachten. Bei Verstößen wird man unter Umständen mit Haft bis zu einem Jahr bestraft, man hat also Verantwortung und steht immer mit einem Bein im Gefängnis, sagt der Vater. Da sieht Fritzes Vorentwurf schon ganz anders aus, so lernt man Bescheidenheit, sagt der Vater. Nun soll er einen Kostenvoranschlag machen, also die Berechnung des umbauten Raums multipliziert mit dem geschätzten Einheitspreis pro Quadratmeter. Fritze macht das blitzschnell im Kopf. Du Spinner, sagt der Vater, und holt die Rechenmaschine. Es stimmt auf den Pfennig. Genauso geht es bei der Prüfung der Angebote und der Massenberechnung. Der alte Herr Ehrlich, der das sonst macht, braucht Wochen dafür. Den können wir einsparen, sagt Fritze. Alle Achtung, sagt der Vater. Schön, sagt Fritze, nach fast drei Jahren das erste Lob.

Fritze sitzt auf dem Markplatz und trinkt ein Bier zum Feierabend. Am Tisch gegenüber sitzt eine Rothaarige und lächelt ihn an. Kennen wir uns irgendwoher, fragt Fritze. Klar, sagt Doris mit ihrer merkwürdig dunklen Stimme, aus Amsterdam, ich lebe noch, im Gegensatz zu Jimmy, wie du weißt, dein Beten hat geholfen, Jesus. Hör mir auf mit Jesus, ich habe mir doch gerade die Haare schneiden lassen, freiwillig mehr oder minder, ich sehe aus wie Karl Arsch, nicht wie ein Nazarener, und brauche eine halbe Dose Allwettertaft, bevor ich mich nach draußen traue, was machst du hier in der Kleinstadt. Ich studiere, sagt sie, Betriebswirtschaft, und habe eine Firma, Südamerika- und Asienimporte. Und was importiert sie so. Alle Mögliche, Möbel, Räucherwaren und Stoffe aller Art. Stoffe aller Art, sagt Fritze. Ja, sagt Doris, sie kann noch einen Mitarbeiter gebrauchen, vorzugsweise kurzhaarig, Karl Arsch-Image schadet da nichts. Danke, sagt Fritze, kein Bock mehr auf so was, bin clean. Glaube ich dir nicht, Jesus mit dem kurzen Haar, hier ist meine Nummer, melde dich, wenn du Bedarf hast. Sie geht über den Marktplatz, der Porsche 911 S ist falsch geparkt. Sie spricht mit der Politesse, das hört man aber nicht, nur ein helles, freches Lachen klingt herüber, und auf dem roten Haar funkelt die letzte Sonne.

Wer war das, fragt Ramona Weiss. Fritze hat sie im Friseursalon um die Ecke wieder getroffen, wo sie seit ihrer Scheidung von einem Schausteller arbeitet. Das Leben im Wohnwagen war nichts mehr für sie, sagt sie, und immer wurde man von Schiffsschaukelbremsern belästigt. Ab und zu trinken sie ein Bier zusammen oder gehen ins Kino. Nur eine flüchtige Bekanntschaft aus den guten alten Tagen in Amsterdam, sagt Fritze und lacht. Was heißt flüchtig, fragt Ramona. Flüchtig heißt auf der Flucht, ich bin dir aber keine Rechenschaft schuldig. Man wird ja noch fragen dürfen, sagt Ramona, schließlich wolltest du mich mal heiraten. Ramona und Fritze trinken noch ein paar Bier, es ist so ein schöner Abend. Dann bringt Fritze sie mit Vaters Benz nach Hause. Auf dem Rückweg kommt er in eine Kontrolle. Pusten und Blutprobe. Der Führerschein wird eingezogen. Zum dritten Mal, sagt der Vater, du lernst es nie, und jetzt kommt der Idiotentest. Du hattest selbst schon mal Führerscheinentzug, sagt die Mutter. Du auch, sagt der Vater, der Apfel fällt nicht weit vom Stamm. Der Führer war ein armes Schwein, er hatte keinen Führerschein, sagt Fritze. Aber einen Fahrer, sagt der Vater, der war ihm treu ergeben. Da kommst du nie hin. Das wollen wir mal sehen, sagt Fritze.

Fritze besteht die Prüfung als Bauzeichner mit gut. Von dem Sohn eines deutschen Bauingenieurs hätte man mehr erwarten können, sagt der Vater. Du hattest auch nur gut, sagt die Mutter, und in der Schule warst du auch nicht besonders. Ich hatte nur Einsen, bis ich abgehen mußte. Gar nicht wahr, sagt der Vater. Doch, sagt die Mutter, aus mir hätte was werden können, statt dessen habe ich einen Bauern geheiratet und bin verblödet. Fang nicht wieder damit an, sagt der Vater, und holt zwei Flaschen Beaujolais Primeur aus dem Kühlschrank, ich wollte doch gar nichts gesagt haben, und in Rechtschreibung bist du immer noch die Beste. Jetzt trinken wir auf die gute Leistung. Ja, sagt Fritze, er wollte sowieso mal in Ruhe reden. Er hat einiges vor. Der Vater kann ja was, aber wie das Büro läuft, das ist doch kleine Kiste. Hier mal ein Zweifamilienhaus, da mal eine Möbelklitsche. Man muß das im größeren Stil aufziehen, sich an Wettbewerben beteiligen, mit den großen Wohnungsbaufirmen ins Gespräch kommen und ein bißchen schmieren. Er wird schon wieder größenwahnsinnig, kaum daß er ein bißchen was geleistet hat, sagt der Vater zur Mutter und schaut Fritze gar nicht an. Sein Büro ist klein, aber es läuft nach althergebrachten Grundsätzen, die Bauherren vertrauen ihm, und die Handwerker respektieren ihn, weil er seinen Beruf beherrscht und sich um alles selbst kümmert. Notfalls reißt er einen Kamin eigenhändig ab und mauert ihn wieder hoch, wenn einer sagt, das geht nicht besser. Ja, sagt die Mutter, und dann fällst du von der Leiter und brichst dir die Rippen. Das kann passieren, sagt der Vater, er hat jedenfalls nie jemanden enttäuscht, und alle sind zufrieden, außer den Professoren, das sind Meckerfritzen, die wollen alles umsonst, und sind nie zufrieden. Schwierigkeiten gibt es, wie immer im Leben, aber seine treudeutsche Art und Kunst, die hat Bestand, ehrlich währt am längsten. Und das Schwarzgeld im Schrank, sagt Fritze. Die paar Mark, sagt der Vater, das kann man nicht ablehnen, sonst sind die Handwerker beleidigt, und es gibt dann bei der Bauausführung nur Ärger. Bißchen Schwarzgeld und viel, da ist nur ein zahlenmäßiger Unterschied, sagt Fritze. Schlaue Reden, sagt der Vater, mir reicht das jetzt. Gut, sagt Fritze, wenn du nicht willst, ich habe ein Angebot von Rolff, Komplettbau, schlüsselfertig. Ja, sagt der Vater, der Großkotz, da bist du richtig, es dauert nicht lange, dann ist der pleite wie sein Vater.

X. STATION

*Fritze wird verraten und stößt
an eine Mauer*

Auf die erste Seite dieses Hefts hat Fritze ein Polaroid von einem Neugeborenen geklebt, das auf einem arabeskenbestickten Kissen liegt.

Fritze tritt ins Berufsleben ein. Bei Firma Rolff läuft alles bestens, sagt Fritze. Er arbeitet in der Bauausführung und macht sich unentbehrlich, er schrubbt die meisten Überstunden, wenn er den Führerschein wieder hat, soll er die Bauleitung vor Ort übernehmen, sagt der Abteilungsleiter. Wolfgang R. Rolff ist gerade aus Ibiza zurück und bittet ihn braungebrannt zum Gespräch, man ist ganz zufrieden mit ihm, hört er, Fritze kann hier noch was werden, und übrigens Wolf zu ihm sagen. Wolf gießt Brandy ein, Veterano, in Spanien machen sie die Gläser richtig voll, nicht diese Pfützen, zum Wohl. Mal was anderes, er hat auf Ibiza einen Disc-Jockey kennengelernt, Bernd, ganz zufällig sind sie auf Fritze zu sprechen gekommen. Ob Fritze vielleicht Koks besorgen könnte. Klar, sagt Fritze, kein Thema. Ob er es bis zum Samstag haben kann, da macht der bekannte Tiger Wolf Rolff eine Party, da kommen wichtige Leute. Kein Problem, sagt Fritze, wieviel soll es denn sein. So für zwei Mille, sagt Wolf. Aus der Portokasse also, sagt Fritze. Übrigens, der Abteilungsleiter ist ein netter Kerl, aber leider eine Pfeife, Fritze könnte das besser. Der ist noch von meinem Alten, sagt Wolf, den kann ich nicht rausschmeißen, aber wenn Fritze sich weiter so macht, mal sehen, bis Freitag. Wolf Rolffs Parties sind legendär. Rosa Champagner und alten Bordeaux, das Essen vom Gebhardts und die Torten von Kron & Lenz. Mitarbeiter werden aber nicht eingeladen, das war bei seinem Vater anders, sagt der Abteilungsleiter. Es gibt nur ein Sommerfest mit Bier und Mettbrötchen. Das wird sich vielleicht bald ändern, sagt Fritze.

Fritze ruft Doris an. Sie meldet sich aber mit Friederike Klemperer. Hast du die Identität gewechselt, fragt Fritze. Friederike lacht, du heißt doch auch nicht Jesus. Nein, sagt Fritze, Friedrich. Na bitte, das passt doch, wir kommen also ins Geschäft. Heilig-Geist-Straße 9, ab sieben bin ich für dich zu sprechen.

Ramona ist schwanger. Von wem, fragt Fritze. Von wem wohl, sagt Ramona. Von mir nicht, sagt Fritze, verminderte Motilität und eingeschränkte Fortbewegungsfähigkeit der Spermien infolge chronischen Marihuanakonsums, das ist ärztlich festgestellt. Dann war ein Teilchen doch nicht bekifft, sagt Ramona, ich habe nur mit dir was gehabt. Was machen wir jetzt. Ich habe eine Adresse in Holland, ich brauche aber ein bißchen Knete. Ich bin gegen Abtreibung, sagt Fritze. Leben ist ein Wert an sich, da soll der Mensch sich nicht aufwerfen, wir wissen ja nichts über das Leben. Dann heiraten wir eben, wollten wir ja schon immer. Ach Fritze, sagt Ramona, meinst du das wirklich ehrlich ernst. Na klar, sagt Fritze, ich werde ein guter Vater sein, wirst schon sehen.

Das mit dem Koks geht in Ordnung, sagt Friederike, aber an einmaligen Geschäften ist sie nicht interessiert. Es soll gar nicht im großen Stil aufgezogen werden, ein kleines zuverlässiges Netz von Verteilern will sie aufziehen. Und zwar über private Beziehungen, so ähnlich wie bei der Tupper-Ware. Und die Import-Firma muß ganz normal laufen, da darf es keine Unregelmäßigkeiten geben. Die große Rendite muß es gar nicht sein, das geht auf die Dauer nicht gut. Fritze kennt doch Gott und die Welt hier, hat sie gehört. Und ob Fritze eben mal mit ihr ins Bett gehen würde, sie liege ein bißchen brach hier in der Kleinstadt, wo die Malermeister das öffentliche Leben bestimmen.

Am Montag kommt Wolfgang R. Rolff nicht in die Firma. Die Party war mal wieder heftig, sagen alle, um zehn Uhr morgens sind die letzten aus dem Haus gewankt. Am Nachmittag aber verbreiten sich Gerüchte, und am Dienstag morgen steht es dann im Tageblatt. Wolf Rolff hat sich am Sonntag nachmittag in seiner gerade aufwendig restaurierten Jugenstil-Villa erhängt. Die Leiter vom Maler stand noch da. Er hing an dem Haken, an den eigentlich noch ein kristallener Lüster sollte, als seine Frau mit den beiden Kindern vom Spaziergang im Stadtwald wiederkam. Er hat Papiere hinterlassen, das wird noch ein paar Leute reinreißen, sagt der Abteilungsleiter. Am Mittwoch wird der Leiter des Bauamts verhaftet, Achtundsechziger und Verfechter einer umweltfreundlichen Bauweise, Bestechlichkeit und Untreue. Und es gibt eine Durchsuchung bei der Volksbank. In der Branche sind sie alle korrupt, sagt Fritze.

Das kommt ein Jahr zu früh, sagt Fritze zu Ramona, nächstes Jahr hätte ich den Laden übernommen. Jetzt bleibe ich da der kleine Arsch. Im Salon haben alle gesagt, die Firma ist pleite, sagt Ramona, und er soll erpreßt worden sein, das geht sowieso den Bach runter. Wie sollen wir dann die neue Wohnung finanzieren. Mach dir keine Gedanken, sagt Fritze und legt tausend Mark auf den Tisch, Haushaltsgeld, ich habe das alles im Griff. Die Wohnung habe ich schon besorgt, über die Firma. Drei Zimmer, Küche, Bad, Balkon, nach vorne die Autobahnauffahrt, ein bißchen laut, nach hinten aber ganz ruhig, das reicht für den Anfang, früher oder später haben wir ein Haus und der Benz steht im Car Port neben deinem Cabrio. Wir ziehen am ersten schon ein. Du mußt aufhören zu arbeiten, wenn das Kind da ist, und mir den Rücken freihalten, ich habe viel vor. Die Arbeit macht mir sowieso keinen Spaß, sagt Ramona, das ewige Gesabbel von den alten Weibern, da gehst du kaputt, dazu die Schweinemusik. Du wolltest doch aber ein guter Vater sein. Klar, sagt Fritze, soviel Zeit muß sein. Ich habe mich schon erkundigt, wir machen eine Hausgeburt.

Rolff Bau wird von einem Konzern übernommen, die Bauausführung wird dichtgemacht. Fritze erhält die Kündigung, zwanzigtausend Abfindung, wenn er keinen Widerspruch erhebt. Alles unter Kontrolle, sagt Fritze zu Ramona, ich habe einen Studienplatz an der Fachhochschule, Bauingenieur, und steige in eine Firma ein. Das wird erst mal hart, da bin ich die Woche über viel weg, aber am Wochenende machen wir es uns gemütlich. Er braucht aber die zwanzigtausend von ihrem Sparbuch für die Einlage. Weitere zwanzig soll ihm der Vater leihen. Nichts, sagt der, er muß sehen, daß fürs Alter noch was übrigbleibt, außerdem hat er nichts flüssig. Fritze sagt, das stimmt nicht, er weiß doch Bescheid, ob er ein paar Zahlen nennen soll. Das geht ihn nichts an, sagt der Vater, höchstens bürgt er für einen Kredit bei der Volksbank, mit einer Hypothek auf das Haus, obwohl das nicht mal ganz abgezahlt ist. Wirtschaftlich ist das nicht, sagt Fritze, er hätte eine Rendite gezahlt. Wer es glaubt, wird selig, sagt der Vater, wer es nicht glaubt, kommt auch in den Himmel. Friederike und Fritze stoßen an, mit rosa Champagner, auf gute Zusammenarbeit, Partner, sagt sie, an Schreibtisch und Bett.

Fiona ist da. Fritze hat mitgeatmet und -gepreßt, es ist ganz schnell gegangen. Die Hebamme hat Fritze das Bündel in die Arme gelegt, und er hat es geklopft und gewaschen und an sein Herz gedrückt. Ein schönes Erlebnis, sagt Fritze zu Ramona, das wird uns für immer verbinden. Fritze rollt einen Joint, Ramona und Fritze liegen im Bett und rauchen, davor liegt noch der feuchte Überwurf. Zwischen ihnen liegt Fiona auf einem arabeskenbestickten Kissen und schläft und gluckst vor sich hin. Wie Musik, sagt Fritze.

Ramona hat nicht genug Milch. Macht nichts, sagt Fritze, da gibt es keine Hängebrust. Fritze wechselt Windeln, gibt das Fläschchen und singt das Baby in den Schlaf. Auf der Reeperbahn nachts um halb eins oder Hey, Bungalow Bill, wo ist dein Wild. Du bist wirklich ein guter Vater, sagt Ramona, übrigens, ein Jürgen Semmelrogge hat angerufen, es klang dringend, er meldet sich gleich nochmal, wer ist das. Ein Kumpel aus den guten alten Berliner Tagen, sagt Fritze, ich dachte, der sitzt im Knast.

Er ist gerade raus, sagt Jürgen, er hat eine gute Partie an der Hand, die läßt er Fritze weit unter Preis, er braucht Geld, er will weg aus dem kalten Scheißdeutschland, er kann in Teneriffa was aufbauen. Sie verabreden sich für den Abend in einer halbfertigen Wohn- und Geschäftsanlage von Rolff Bau. Komm alleine, sagt Fritze, sonst kannst du das Zeug behalten. Was denn sonst, sagt Jürgen, ich kenne hier niemanden. Fritze, sagt Ramona, du bist jetzt Vater, mach bitte keine Sachen. Alles unter Kontrolle, sagt Fritze.

Jürgen ist schon da. Blaß siehst du aus, alter Junge, sagt Fritze. Er nimmt ihm das Paket aus der Hand. Und die Knete, sagt Jürgen. Kannst du dir morgen bei mir abholen, erst mal sehen, ob das Ding nicht windig ist. Jürgen tritt ein paar Schritte zurück und zieht eine Trillerpfeife, Abpfiff, sagt er und bläst hinein. Draußen flammen Scheinwerfer auf. Hier spricht die Polizei, wir wissen wer Sie sind, bitte kommen Sie mit erhobenen Händen heraus. Judas, sagt Fritze und flüchtet durch den Keller in den fertiggestellten Teil der Anlage. Er steckt das Paket in den Briefschlitz einer unbezogenen Praxis und geht ruhig durch die Tiefgarage, von der aus eine Treppe in die Passage eines Einkaufszentrums führt. Fritze hat das alles selbst gezeichnet. Davor ist ein Taxistand. Eine Stunde später klingelt die Polizei. So schnell doch, sagt Fritze zu Ramona, diese Flaschen. Es finden sich Marihuana-Krümel auf dem Teppich, außerdem werden ein Handspiegel, eine Rasierklinge und eine Präzisionswaage beschlagnahmt. Passen Sie darauf auf, sagt Fritze, das ist ein historisches Stück, sie soll Friedrich Wilhelm Sertürner gehört haben.

Idiot, sagt Friederike, wir hatten abgemacht, daß das Netz dichtgehalten wird, wieso läßt du dich mit einem Knacki ein. Jürgen ist eigentlich eine treue Seele, sagt Fritze, er wurde wegen Dummheit verurteilt, ich verstehe das gar nicht. Jetzt ist es eben passiert, du mußt das Paket holen, das ist der einzige Beweis, ich hatte keine Handschuhe dabei. Und wie das, fragt Friederike. Ganz einfach, sagt Fritze und grinst, ich hab die Schlüssel. Sauaas, sagt Friederike.

Es wird aber Anklage erhoben. Fritze verteidigt sich selbst, weil er nichts zu verbergen hat, sagt er der Richterin, und die Sache absolut lächerlich ist. Er gibt zu, er hat früher Fehler gemacht, aber er ist jetzt klüger geworden und ist braver Familienvater. Er sei zur angeblichen Tatzeit zu Hause gewesen bei Frau und Kind, Besuch habe man zudem gehabt, man will ihn anschwärzen, das verstößt gegen den Gedanken der Resozialisation. Warum hat er keine Zeugen vorladen lassen. Seine Freundin sei von der Schwangerschaft noch geschwächt, er habe ihr das nicht zumuten wollen. Zwei Polizeibeamte werden angehört, man hat Jürgen eine zusätzliche Chance zur guten Führung geboten, wenn er Verbindungen preisgibt, Freigang hatte er schon, in allen Fällen haben seine Angaben gestimmt. Dann wird Jürgen vernommen, er erzählt den Hergang. Fritze schaut ihn mit tieftraurigen Augen an. Jürgen, alter Junge, sagt er, warum lügst du. Habe ich dir je etwas angetan. War ich dir nicht ein Freund, auch in schweren Zeiten. Jürgen schluckt. Man hat ihn gezwungen, sagt er stockend, die Bullen haben ihn reingelegt, sie hatten Fritze im Verdacht, hatten aber nichts an der Hand. Widerrufen Sie Ihre Aussage, fragt die Richterin. Ja, sagt Jürgen. Sind Sie sich über die Konsequenzen im klaren. Ja, sagt Jürgen, ich muß noch drei Jahre absitzen, mit dem Freigang ist es Essig, und ich kriege nichts als Ärger. Der Staatsanwalt kündigt eine Anzeige wegen uneidlicher Falschaussage gegen Jürgen an. Fritzes Angaben und der Widerruf seien unglaubwürdig, er plädiert auf zwei Jahre Gefängnis ohne Bewährung. Fritze beantragt die Unterbrechung der Verhandlung zur Hinzuziehung neuer Zeugen. Dem wird stattgegeben.

Soviel wissen wir also, sagt Friederike, daß sie nichts wissen, außer der blöden Geschichte, warum mußte das bloß sein, es lief doch alles bestens. Du darfst jetzt keinen Fehler machen, nimm dir einen Rechtsanwalt und bereite die Sache sauber vor. Mit deiner Chuzpe allein kommst du nicht durch. Ich rufe Klaus Rottluff an, sagt Fritze, der ist mir noch was schuldig. Der hing tief drin in der Disco-Connection, ich habe ihn aber gewarnt, weil er ein netter Kerl ist hinter seiner Arroganz.

Sie haben ihm nur Steuerhinterziehung anhängen können. Seine Anwaltszulassung mußte ein Jahr ruhen. Dann ist er ein berühmter Terroristen-Anwalt geworden, er hat einen Arzt verteidigt, der zwei Bullen abgeknallt haben sollte, da stand er jeden Tag in der Zeitung. Er hat dem Schweinestaat richtig den Arsch aufgerissen, alles auf Koks natürlich.

Der Staranwalt reist schon einen Tag früher an. Er freut sich, Fritze wiederzusehen, sagt er, und über eine kleine Nase auch. Mit Ramona und Friederike macht er Zeugentraining. Er hätte auch Regisseur werden können, sagt Fritze. Im Prozeß macht er in seiner maßgeschneiderten Robe und seinem Silberhaar einen starken Eindruck. Die Richterin redet er mit gnädige Frau an, sie ist beeindruckt. Er befragt die Polizisten und Jürgen, der bleibt bei seinem Widerruf, und noch einmal die Polizisten. Er kündigt eine Anzeige wegen Anstiftung zu einer Straftat sowie wegen Falschaussage an. Gegebenenfalls will er ein linguistisches Gutachten einholen lassen, wegen der auffälligen Ähnlichkeit der Formulierungen der Beamten. Ramona hat das Kind auf dem Arm, sie und Friederike sagen aus, daß Fritze am fraglichen Abend zu Hause gewesen ist. Ob da ungesetzliche Rauschmittel konsumiert worden seien, fragt der Staatsanwalt. Gehört nicht zur Sache, sagt Klaus Rottluff. Doch, sagt der Staatsanwalt, sowohl Fritze wie die Zeugin Klemperer seien einschlägig vorbelastet. Falsch, sagt Rottluff, beide Verfahren seien eingestellt worden, mit der Prozeßordnung sei man wohl hier in der Provinz nicht so vertraut, im übrigen dränge sich immer mehr der Eindruck auf, es solle mit allen Mitteln etwas konstruiert werden, um von dilettantischen Fehlern, vor allem aber von den gesellschaftlichen Ursachen des Drogenkonsums abzulenken, die man mit manipulierten Fahndungserfolgen unter den Teppich kehren wolle. Der Staatsanwalt sagt, das gehöre alles nicht zur Sache, es gehe ja zu wie im Schmierentheater, und wenn man so weitermache, sitze man morgen früh noch hier. Klaus Rottluff bittet die Richterin, den Staatsanwalt zur Ordnung zu rufen. Sie sagt, man könne das jetzt ohnehin beenden. Die Staatsanwaltschaft bleibt bei ihrem Antrag auf zwei Jahre Gefängnis, Klaus Rottluff plädiert auf Freispruch. Während der Beratung bittet Klaus Rottluff den verehrten Kollegen zum Gespräch. Die Richterin verkündet Einstellung des Verfahrens gegen Zahlung einer Geldbuße in Höhe von dreißig Tagessätzen. Klaus Rottluff macht ein grämliche Miene. Es tut mir leid, sagt die Richterin, Ihr Mandant hat zu wenig getan, um den Anfangsverdacht frühzeitig zu entkräften. Der Staatsanwalt kündigt an, auf Revision verzichten zu wollen, wenn die Verteidigung ihrerseits das Urteil hinnehme. Fritze erklärt, er sei gekränkt, könne sich aber im Interesse seiner Familie und zur Vermeidung von weiteren Lästigkeiten mit diesem Urteil zweiter Klasse abfinden. Was für eine Operette, flüstert Friederike Ramona ins Ohr. Ja, sagt Ramona, bloß raus hier.

Bei Friederike wird mit rosa Champagner angestoßen. Fritze fragt Klaus Rottluff, ob er meint, daß sie jetzt unter Beobachtung steht, zumal die diese uralte Sache hochgekramt haben, wie er ja schon vorausgesehen habe. Da kannst du Gift drauf nehmen, sagt er, seid vorsichtig. Er kassiert sein Honorar in Form einiger Briefchen und nimmt noch eine kleine Nase, bevor er ins Taxi steigt. Ramona fährt mit dem Kind nach Hause. Fritze bleibt noch. Friederike sagt, das Ding wird ihr zu heiß, außerdem ist sie dieses Kaff leid, die Provinz ist nichts für sie, sie verlegt ihr Geschäft nach Berlin. Fritze soll hier noch abwickeln und dann nachkommen. Weißt du was, sagt Fritze, ich bin ein Pechvogel, tut mir leid, daß ich dir das vermasselt habe, ohne mich wärst du besser klargekommen. Das Leben ist ein seltsames Spiel, sagt Friederike, laß uns noch was trinken. Fritze bleibt über Nacht.

Als er nach Hause kommt, liegt ein Brief da. Fritze hat ihn in das Heft eingeklebt.

Lieber Fritze, ich kann das alles nicht mehr aushalten. Du hast immer was anderes im Kopf, nur nicht mich. Du bist der Zigeuner, ich nicht mehr. Das Kind liebst du, aber, das ist das Schlimme, es ist nicht von dir. Ich fühle mich schrecklich, und es tut mir furchtbar leid. Ich bin weg und komme nicht mehr wieder. Bitte such nicht nach mir. Ramona.

Fritze macht eine Flasche Whisky auf und trinkt sie leer. Mein Ochsenschädel, sagt er, mein verdammter Ochsenschädel, die mißglückte Schöpfung. Er schlägt mit dem Kopf auf die Tischplatte. Als er wieder aufwacht, sieht er ein Kreuz aus festgetrocknetem Blut auf dem Altar.

Fritze hört sich im Blue Note um und findet heraus, daß Ramona mit Michael Rein in Teneriffa ist. Verdammt, sie liebt ihn, sagt Fritze, der Schlagerfuzzy, mir bleibt nichts erspart. Aber wahrlich, ich sage euch, sie liebt ihn nicht, jedenfalls nicht lange, der ist doch schlimmer auf der Rolle als ich, gegen den bin ich ein Prophet der Nüchternheit. Fritze geht zu Friederike. Er hat beschlossen, aus dem Geschäft auszusteigen, und möchte seine Einlage ausbezahlt bekommen. Das Firmenschild ist abgeschraubt. Er klingelt trotzdem, immer wieder drückt er auf den Knopf. Nebenan öffnet sich eine Tür. Die ist vor drei Tagen ausgezogen, sagt ein Mann im Schiesser-Feinripp-Unterhemd. Wir sind ganz froh, die laute Neger-Musik, die ganze Zeit, das war nicht auszuhalten. Danke, sagt Fritze, dann gute Nacht.

Fritze geht zu seiner Mutter und sagt, er braucht zweitausend Mark, sonst geht alles kaputt. Die Mutter sagt, sie hat beim Friseur mit einer Drogenberaterin gesprochen. Man soll kein Geld geben, sonst macht man sich mitschuldig als Angehöriger. Und die Bürgschaft bei der Volksbank, die können wir abschreiben, sagt dein Vater, aber danach keinen Pfennig mehr. Es ist doch nicht dafür, sagt Fritze, ich muß meine Familie retten. Ich habe nur das Sparkonto, das ich für deine Tochter eingerichtet habe, sagt die Mutter. Ich brauche das Geld ja für sie, sozusagen, sagt Fritze. Die Mutter schreibt ihm einen Barscheck aus. Wenn das dein Vater erfährt, bringt er mich um, sagt die Mutter. So schlimm wird es nicht kommen, sagt Fritze und lacht. Die Mutter weint.

Fritze fliegt also nach Teneriffa. Er nimmt sich ein Zimmer in Santa Christiana und mietet ein Motorrad. Er kauft ein Schreibheft und setzt sich auf die Terrasse einer Bar an der Promenade und bestellt Kaffee und Brandy und dann noch eine Flasche Wein. Am Strand arbeitet ein braungebrannter Blonder mit langen Haaren an einer Christus-Plastik aus Sand. Es ist bald Ostern. Die Luft ist lau, und das Leben könnte so schön sein, schreibt Fritze in sein Heft. Warum nicht für mich. Ist ein Fluch über mich verhängt, o Herr. Dann hilf mir, ihn zu lösen. Gib mir überzeugende Worte und schenke mir eine mitreißende Liebe und laß mich die Wahrheit sehen. Brauchst du was, sagt der braungebrannte Blonde mit den langen Haaren neben seinem Ohr. Jimmy, sagt Fritze. Sprich deutsch mit mir, sagt der Blonde. Entschuldigung, sagt Fritze, du siehst einem Freund von mir ähnlich. Was hast du. Gras und Schnee, sagt der. Zwei Briefchen, sagt Fritze, zweihundert Mark, sagt der Blonde und läßt etwas in Fritzes Hemdtasche gleiten, West natürlich. Ist auch kein Speed drin, fragt Fritze. Hundert Prozent clean, du findest mich jeden Tag um die Zeit hier an meinem Marterholz aus Sand, wenn du nicht zufrieden bist, kriegst du die Kohle zurück. Fritze klappt sein Heft zu und bestellt noch einen Brandy.

Michael Reins Haus liegt in einer bewachten Wohnanlage. Er ist Richard Wagner von der Bunten Illustrierten, sagt Fritze dem Pförtner und zeigt sein Heft vor, er ist mit Herrn Rein verabredet, für ein Exklusiv-Interview. Der Pförtner telephoniert. Herr Rein ist für niemanden zu sprechen, schon gar nicht für die Presse. Interview-Anmeldungen nur über die Plattenfirma. Fritze streckt ihm einen Hunderter hin. Da geht gar nichts, sagt der, nichts zu machen, außerdem sind Sie betrunken. Nein, sagt Fritze, mir geht es nur nicht gut.

Fritze sitzt auf der Suzuki und wartet. Es wird Abend, und ein Stern leuchtet. Und dennoch sagt der viel, der »Abend« sagt, sagt Fritze vor sich hin. Ein blauer Siebener BMW fährt auf die Schranke zu. Fritze geht darauf zu. Ramona sitzt am Steuer, neben ihr der Schlagerfuzzy. Hinten ein Kindersitz von Maxi-Cosi. Die Schranke geht hoch, Ramona sieht Fritze, sie reißt die Augen auf und gibt Gas. Fritze rennt zu dem Motorrad, es springt nicht gleich an. Fritze läßt die Kupplung springen, ruckend fährt er los. Der Pförtner tritt vor seine Kabine und schaut ihm nach. Der BMW ist nicht mehr zu sehen, Fritze fährt eine Weile langsamer und schaut zum Himmel. Dann schaltet er durch und legt sich in die Kurve, es pendelt, es kracht, das Hinterrad geht weg. Fritze knallt gegen die Mauer einer Olivenplantage, ohne Helm. Die Suzuki liegt mit dem Auspuff

auf seinem Bein. Alles ist still, der Himmel ist voller
Sterne.

Fritze hat zwei Stunden da gelegen in einer Dornenhekke. Der Pförtner hat ihn gefunden nach dem Schichtwechsel auf dem Weg nach Hause. Doppelter Schädelbasisbruch und ein großes Loch im Bein von dem heißen Auspuff, tief durch bis in den Knochen, der blutige Kopf voller Dornen. Fritze liegt in einem privaten Krankenhaus, das war das nächste. Sie haben nur die nötigste Versorgung gemacht, das Bein muß noch operiert werden, aber vorher muß geklärt sein, wer die Kosten übernimmt, sagt die Dame vom Büro. Fritze hat keine Versicherung. Nach der Kündigung bei Rolff Bau wollte er als Unternehmer zu einer privaten Krankenkasse wechseln, man kommt ja zu nichts, hatte er immer gesagt, wenn Ramona fragte. Fritze schickt ein Telegramm an seine Eltern. Liege mit Schädelbasisbruch im Krankenhaus. Bitte sofort zwölftausend Mark schicken. Sonst keine Operation und Schaden fürs Leben. Fritze. Es kommt ein Telegramm zurück. Fritze hat es eingeklebt.

Hilf dir einmal selbst. Jetzt oder nie, sonst Schaden fürs Leben. Vater.

Fritze humpelt an Krücken ins Flugzeug. Geht schon, sagt er, als die Stewardeß ihm helfen will. Er darf einen freien Platz in der Business Class einnehmen, wegen der Beinfreiheit. Fritze bestellt einen Whisky und noch einen, wegen der Schmerzen, sagt er der Stewardeß. Das Flugzeug landet, alle klatschen. Fritze schläft. Es tut mir leid, sagt die Stewardeß, aber Sie müssen aufstehen. Auferstehen, sagt Fritze. Am Ende der Gangway bricht er zusammen.

Im deutschen Krankenhaus kriegen sie Fritze schon wieder hin, sagt der Arzt, es ist eine Sepsis im Bein, die arbeiten ja nicht sauber in Spanien. Fritze soll Sozialhilfe beantragen, das regelt sich dann alles. Es dauert aber eine Weile. Die Eltern sollen in Anspruch genommen werden, aber sie können nachweisen, daß derzeit nichts übrigbleibt, wenn eine angemessene Altersversorgung sichergestellt sein soll. Fritze bekommt also Sozialhilfe und kann auch schon wieder ganz gut gehen. Er braucht aber einen Stock. Die Wohnung ist zu groß, sagt die Sachbearbeiterin, er muß eine kleinere suchen oder ein Zimmer. Fritze will da sowieso nicht bleiben, die Erinnerungen. Außerdem hat er die Kündigung bekommen und eine Räumungsklage. Nur Mut, sagt die Sachbearbeiterin, das kommt alles wieder in Ordnung, in diesem Land muß keiner vor die Hunde gehen.

XI. STATION

*Fritze geht über die Grenze und lernt
Kreuzfüße kennen*

Der eiserne Vorhang durch das Eichsfeld hat ein Loch. Tante Erna hat ein Telegramm geschickt. Daß ich das noch erlebe in diesem schrecklichen Jahrhundert, sagt sie.

Das Eichsfeld befindet sich am nördlichen Rand des Thüringer Beckens. Fritzes Dorf liegt nahe des Verlaufs der Zonengrenze, welche die Landschaft willkürlich durchschnitten hatte, also im Sperrgebiet. Fritze fährt mit dem Zug nach Duderstadt und nimmt dann den Fußweg zur Grenze. Er führt in ein von Bundsandstein eingesäumtes fruchtbares Becken, die Gallen-Mark. Tabak und Getreide gedeihen hier besonders gut. Nach Süden zu fließt die Sande, sie führt zwischen waldigen Hügeln entlang, in denen einst die Geister der Germanen hausten, zu Fritzes Haus. Das Eichsfeld war seit der Mission des heiligen Bonifatius immer katholisch, ein jesuitisches Eiland, umringt vom garstigen Meer des Protestantismus und des Heidentums. Ortsfeste Bauern, Kleingewerbetreibende und Handwerker sind die meisten Eichsfelder immer gewesen, obwohl die Erträge des Bodens immer kärglich waren. Wiederkehrende Hungersnöte trieben die Eichsfelder in die Fremde. So entstand eine Tradition reisender Schausteller, Feuerwerker und Wanderarbeiter, die wegen ihres Fleißes und ihrer Anständigkeit überall geschätzt wurden.

Mangelwirtschaft gebietet kunstfertige Vorratshaltung. So wird im Eichsfeld im späten Herbst, nachdem die Ernte eingebracht ist, die beste Wurst der Welt gemacht. Das beginnt bei der Haltung der Schweine. Sie werden gut behandelt, leben auf sauberem Stroh und bekommen viel Auslauf. Sie werden sehr langsam gemästet und dürfen länger leben als andernorts. Geschlachtet wird warm, das ganze Fleisch und Blut eines Wursteschweins wird sofort verarbeitet. Vom Mett, vom Wellfleisch und der Brühe wird beim Schlachtefest genossen, und zwar nicht zu knapp. Entweder richtig feiern oder gar nicht, sagt der Eichsfelder. Die besten Stücke kommen fein gemengt und gewürzt in die Mettwurst. Im langen Schweinedarm heißt sie Stracke, in genähten Fetthäuten Kälberblase oder Feldgieker. Der reift über den Winter in der luftigen Wurstekammer und wird frühestens zur Erstkommunion im folgenden Jahr angeschnitten.

Du hast dich kaum verändert, Fritze, sagt Tante Erna, aber schlecht siehst du aus. Wie du so am Stock gehst, erinnerst du mich an deinen Großvater. Der war hier hoch verehrt. Ein frommer Mann, und dabei immer so lustig. Und deine Großmutter, Bazillen-Betti haben wir sie immer genannt, die hat den Leuten hier erst Sauberkeit beigebracht. Tante Erna ist Vorsitzende des Schutzengelvereins für die Diaspora im Namen des heiligen Bonifatius. Sie gibt Fritze ein Gebetsbuchblättchen. Fritze hat es hier eingeklebt.

Es zeigt Christus am Kreuz. Er blutet aus zahlreichen Wunden. Die Blutstrahlen sind schlecht gezeichnet, sagt Fritze, sie hängen runter wie Lametta am Weihnachtsbaum. Aus dem geöffneten Herzen entspringt ein ganz dicker Strahl. Neben dem Kreuz steht Maria. Sie hat eine Krone auf und hält ein Weinglas unter den Strahl. Das Herz ist auf der falschen Seite, sagt Fritze, und Maria sieht aus wie ein Burgfräulein. Darauf kommt es doch nicht an, sagt Tante Erna, die Glaubenswahrheit zählt, drehe es einmal um. Der Vereinszweck besteht darin, die katholische Jugend zu Gebet und Almosen für die Diasporakinder zu begeistern. Viele Menschen lieben Dich, Herr Jesus Christus, ohne zu Deiner sichtbaren Kirche zu gehören. Du hast ihnen Deine Gnade geschenkt. Sie leben in Deiner Freundschaft und sind auf dem Wege in Deine Herrlichkeit. Daß sie nicht zu uns gehören, liegt auch daran, daß wir Katholiken ihnen nicht das Beispiel eines heiligen Lebens und einer überzeugenden Liebe gegeben haben. Herr Jesus Christus, laß diese Menschen den Weg in die eine katholische Kirche finden. Heiliger Bonifatius, bitte für uns. Hundert Tage Ablaß jedesmal.

Siehst du, sagt Tante Erna, was die Kommunisten aus dem Dorf gemacht haben, aber die Kirche steht im Glanz wie eh und je. Fritze geht die Empore hinauf, Tante Erna wartet unten, sie ist nicht mehr so gut zu Fuß, aber Fritze auch nicht. Fritze setzt sich auf die Orgelbank. Ich will hintreten zu Gott, der mich erfreut von Jugend auf. Fritze tritt den Balg und spielt ein paar Noten. Smoke on the water. Was war das, fragt Tante Erna, jedenfalls kein Kirchenlied. Ich kann doch nicht Orgel spielen, sagt Fritze. Ja, wenn dein Großvater noch lebte, sagt Tante Erna, und ihr wärt hiergeblieben, da hättest du es bestimmt gelernt, sollen wir zum Haus gehen. Sie haben extra Saure Klebchen gemacht.

Das Rezept hat sich Fritze aufgeschrieben. Man braucht Spitzbeine und Knochen vom Schwein und vor allem die Ohren. Dazu Zwiebeln, saure Äpfel, Knoblauch, Möhren und ganz wichtig: Pfefferkuchen. An Gewürzen Knoblauch, Pfeffer, Zucker, Majoran und Piment. Alles kommt zusammen in einen Topf mit Salzwasser und wird bei kleiner Hitze so lange gegart bis das Fleisch vom Knochen fällt und die Ohren bißfertig sind. Du darfst aber nicht erschrecken, wenn du auf den Hof kommst, sagt Tante Erna. Bestimmt ist es klein, sagt Fritze. Klein ist es, die Mauer, auf der die Wanze tanzte, ist weg, und wo der Ziegenstall war, ist ein Anbau mit Plastikfenstern. Für die Tochter vom Onkel Karl, die Ronja, sagt Tante Erna, der Mann ist Koch in Worbis, sie haben schon Kleine. Sie ist aber trübsinnig und schwierig, sie wollte rübermachen. Das Tor ist fort und der Garten auch. Drei Reihen Grünkohl wachsen auf schmutzkotiger Erde. Daneben hocken zwei beschädigte Trabanten ohne Räder. Wie soll man da froh in die Welt blicken, sagt Fritze. Heiter kann man nur sein in Christo, hat der Onkel Franz immer gesagt, sagt Tante Erna. Tante Erna, sagt Fritze, der Onkel Franz ist doch lange tot, abgeschossen über Rußland. Doch nicht der, sagt Tante Erna, Gott habe ihn selig, der Bruder vom feinen Onkel Herbert, dem Klamotten-Herbert, du weißt doch, der war Priester in Bodenrode. Erst letztes Jahr ist er gestorben, mit vierundneunzig, obwohl er immer Zigarre geraucht hat, und einem Gläschen war er auch nicht abgeneigt. Ja, sagt Fritze, die Pfaffen und die Dirigenten, die leben am längsten, obwohl sie trinken. Ich trinke nicht, sagt Tante Erna, und lebe auch noch. Pfaffen sagen wir hier nicht, das kommt von Luther, hat deine Großmutter schon gesagt, der hat die Bauern verraten und sich bei der Obrigkeit angebiedert. Und keine Manieren hatte der. Warum furzet und rülpset ihr nicht, hat es euch nicht geschmacket, hat der immer gesagt. Wir sind hier vergessen, aber wir haben Haltung bewahrt. Wir sind keine Kommunisten geworden, sondern gute Katholiken geblieben. Schönes kräftiges Deutsch hat der Luther aber gesprochen, sagt Fritze. Ach Deutsch, sagt Tante Erna, die lateinische Liturgie ist doch viel feierlicher, wir sprechen hier Eichsfelder Platt, kannst du es noch. Klar, sagt Fritze, wattn da owen lose, da stan ja so vele Lie. Na, ungefähr, sagt Tante Erna, das ist die Bushaltestelle, mal wieder Verspätung. Bei den Kommunisten klappt nichts, wenn Gott will, ist der Spuk bald vorbei.

Sie haben schon auf Fritze gewartet. Alle sitzen dann in der guten Stube am weiß gedeckten Tisch, aber das Klavier vom Opa ist nicht mehr da. Nur der Tastenschoner hängt als Dekoration an der Wand. O Jesus, meine Wonne, ist darauf eingestickt. Zu den Sauren Klebchen gibt es Radeberger Pils und Nordhäuser Doppelkorn. Fritze trinkt keinen Alkohol, sagt er. Na gut, ausnahmsweise, die Ohren wollen ja verdaut sein, und so jung kommen wir nicht wieder zusammen. Gut gesagt, sagt der Onkel Karl, wie der Joseph, selbst die Stimme hört sich so an. Ich habe Schnupfen, sagt Fritze, was ist aus Reiner geworden. Reiner. Ach, das war doch Steltings Rotfuchs. Den haben sie totgeschlagen, in Bautzen. Er war immer besoffen, und einmal ist er in der Wirtschaft auf den Tisch gestiegen und hat geschrien. Russenschweine, Kommunistenschweine, Stasijudenschweine raus aus Deutschland! Deutschland einig Vaterland! Heil Hitler! Da haben sie ihn eingebuchtet. Der taugte nichts, kanntest du den denn. Ja, er war mein einziger Freund damals, sagt Fritze. Kann mich gar nicht erinnern, sagt Tante Erna, ich sehe dich noch vor mir, ganz allein mit deiner Ziege am Tor oder mit deinem Großvater auf der Bank vor der Laube.

Hier hat Fritze ein altes Photo eingeklebt. Der kleine Fritze sitzt mit seinem Lockenkopf vor der Laube. Hinter ihm steht die Ziege.

Ist ja auch lange her, sagt Fritze, und kippt noch einen Nordhäuser Korn. Was aus Kindern wird, weiß man nie, sagt der Onkel Karl, sie werden so oder so.

Wie ist es euch ergangen, fragt er, was machen die Eltern, die vornehme Mutter und der Vater, unser Held. Die Mutter ist krank, und der Vater arbeitet viel. Er kriegt noch einen Herzkasper, wenn er so weitermacht. Das ist die Wirtschaftswundermentalität, so sind die, und so bleiben die, fährt einen dicken Mercedes. Sie haben es nicht leicht gehabt, aber ihr wißt es ja, man trägt sein Kreuz. Was macht Fritze denn beruflich. Er wollte doch mal Priester werden. Nein, das wollte nur die Oma. Er wollte das Büro vom Alten übernehmen, aber der hat sich gesperrt. Wie bei den Bauern, ihr kennt das ja, er will nicht aufs Altenteil. Fritze sammelt die Brötchenkrümel auf dem Tisch zu einem kleinen Häufchen. Deshalb hat Fritze eine Computerfirma gegründet, war viel Arbeit, aber jetzt läuft es von alleine, er geht ab und zu vorbei und motiviert die Mitarbeiter, ansonsten liest er die Kontoauszüge, das macht Freude. Computer, sagt der Onkel Karl, wir haben auch einen in der Genossenschaft, der ist aber immer kaputt. Das Plansoll nicht erfüllen kann man auch ohne Computer, sagt Fritze. Onkel Karl lacht nicht. Was macht die Schwester. Schwieriges Kapitel, sagt Fritze, früher war sie heilig, vielleicht auch scheinheilig, dann hat sie Psychologie studiert und einen Psychologen geheiratet. Sie redet pausenlos von Krankheiten und hat für alles Kügelchen, Tinkturen und Pülverchen. Wahrscheinlich von der Oma Betti geerbt, sagt Tante Erna. Eine Seele von Mensch, sagt Fritze, aber schwer erträglich, ihr würdet kein Wort verstehen. Neurose, Psychose, Verdrängung, Überich, Vaterkomplex und so ein Zeugs, verstehe selbst nichts. Und der Bruder. Kurzes Kapitel, eiskalter Bursche, interessiert sich nur für sich und seine Politikerkarriere. Seid froh, daß ihr hiergeblieben seid. Der Kapitalismus frißt die Herzen auf. Wir sind aber keine Kommunisten, sagt der Onkel Karl, wir sind gute Katholiken. Darauf trinken wir, sagt Fritze. Der ist aber in der Partei, flüstert Tante Erna. Wer flüstert, der lügt, sagt Onkel Karl, was wird denn, wenn die Wiedervereinigung kommt. Gott bewahre euch vor dem Übel, sagt Fritze. Und wenn doch, fragt Onkel Karl, wollt ihr dann hier alles wiederhaben, und wir fliegen raus. Kein Thema, sagt Fritze, vielleicht stelle ich mir eine Hütte in den Obstgarten und komme mal übers Wochenende. Jetzt machen wir die Flasche auch nieder, lohnt sich ja nicht mehr. Fritze planiert den Krümelhaufen mit seinem Glas.

Hier hat Fritze einen Plan eingeklebt, auf dem die Felder verzeichnet sind, die ihm gehören, und an wen sie verpachtet sind.

Dann ist es zu spät für den Zug. Fritze kann bei Tante Erna übernachten. Ist ganz schön, wenn mal wer da ist, sagt sie, und schüttelt Fritze ein dickes Federbett auf. Er schläft gut, seit langer Zeit zum ersten Mal, sagt er am nächsten Tag, der Streß. Tante Erna muß ihn mehrmals wecken, ich komme gleich mit dem nassen Waschlappen. Fritze steht von den Toten auf. Leidend siehst du aus und zitterst, sagt Tante Erna, wie unser Herr am Kreuz. Betest du denn zu Gott, fragt Tante Erna. Manchmal schon, sagt Fritze. Ein gutes Herz hast du aber, das ist das Wichtigste. Er kriegt noch ein Stück vom Feldgieker mit. Und schöne Grüße an die Eltern. Fritze will es ausrichten, sagt er.

Fritze hat Petra wiedergetroffen. Soweit ich erfahren konnte, hatte er sie in Bonnies Ranch kennengelernt. Sie war mit einem Fixer verheiratet gewesen und hatte einen Nervenzusammenbruch erlitten. Sie war eines Tages nach Hause gekommen, und er war nicht dagewesen. Er hatte schon viele Tage im Keller gehangen. Man konnte es im Haus schon riechen, aber niemand hatte sich darum gekümmert. Damit hatte sie nicht mehr gerechnet, denn sie hatte Monate gebraucht, um ihn zu einer Therapie zu überreden, und er war nach einer Methadon-Phase schon über drei Monate sauber gewesen. Sie war aus Berlin weggegangen, um das hinter sich zu lassen.

Petra ist Restauratorin und arbeitet als Freie für die katholische Kirche. Ihr Spezialgebiet ist die Wiederherstellung von Kreuzfüßen, Kreuzarmen und Kreuzblumen und überhaupt aller mit dem Kreuz verbundenen Formen der Kathedralplastik, wie sie sich seit der karolingischen Zeit als Symbole des überstandenen Todes in vielfältiger Gestaltung an Türmen, Fialen und Giebeln finden, aus Holz gebildet auch am Chorgestühl und im Gesprenge von Altären. Das ist eine unendliche Aufgabe, sagt sie, sie kommt mit der Arbeit gar nicht nach. Es gibt nur ganz wenige, die sich da auskennen. Petra ist klein und blaß.

Fritze ist aus seiner Wohnung geflüchtet kurz vor der Zwangsvollstreckung. Er hat noch die Eltern angerufen, aber die hatten gesagt, er ist ein Faß ohne Boden, und seinen Kredit bei der Volksbank haben sie nicht mal ganz abgezahlt. Und auch seinen Bruder war er um ein Darlehen angegangen, nur für kurze Zeit, sonst müsse er im Wald übernachten, und das sei nicht tunlich, so kurz bevor seine Computerfirma in die Ertragsphase gelange. Sein Bruder hatte am Telephon einen Wutanfall gekriegt. Er kann das alles nicht mehr hören, Fritze erzählt nur Mist, und er glaubt ihm kein Wort mehr. Dann soll er eben im Wald schlafen, vielleicht kommt er dann ja mit den fast vierzig Jahren seines jämmerlichen Lebens mal zur Vernunft.

Hier ist eine Postkarte an den Bruder eingeklebt, die Fritze aber offenbar nicht abgeschickt hat.

Lieber Hartmut, nun behalt mal die Nerven und bleibe höflich in deinem Cinque-Anzug. Herzlichen Glückwunsch auch zu Deiner Berufung zum Staatssekretär. Deine alten Genossen vom Kommunistischen Bund sind bestimmt stolz auf Dich. Mit den Verdammten dieser Erde willst Du jetzt wohl nichts mehr zu tun haben. Rotfront! Dein Fritze.

Fritze fragt Petra, ob er kurz bei ihr wohnen kann. Ja, aber es sieht aus wie im Saustall. Das paßt ja, sagt Fritze. Fritze wird Hausmann, das tut gut. Morgens einen Joint, und der Staubsauger ist dein Freund. Ordnung ist das halbe Leben. Daß du mir mit deiner Möbelpolitur von den Kreuzblumen wegbleibst, sagt Petra. Mittags holt sich Fritze eine Bild-Zeitung, zwei Schultheiss und eine Currywurst mit Pommes Schranke und verzehrt alles auf der Bank im Park. Da kommt er mit den Leuten ins Gespräch. Fritze hat jetzt ein Herz für die Nöte der einfachen Leute und spart nicht mit Rat. Man muß das alles nicht so wichtig nehmen. Sorge dich nicht, lebe. Das Leben selbst ist ein Wert und kümmert sich gar nicht darum, ob der Kohl an der Regierung ist oder sonst ein Affe. Man muß lernen, im Augenblick zu leben. Nach solcher Beratung einsamer Seelen geht Fritze zufrieden nach Haus und bereitet das Abendessen. Hasenbraten mit Kirschsoße und Rotkohl mit Rotwein verfeinert. Der Rest der Flasche ist für den durstigen Koch. Petra studiert dann noch ihre Kreuzbücher und fertigt Zeichnungen an. Fritze schmaucht ein Pfeifchen, trinkt Matheus Rosé und sieht fern. Er mag sehr gerne Tierfilme. Sein liebster ist der von Disney, in der die Tiere vergorene Früchte essen und dann nicht mehr durchblicken und selig herumtorkeln. Darüber kann sich Fritze immer wieder kaputtlachen. Petra schaut dann über ihre Lesebrille zu ihm herüber und empfiehlt sich zur Nacht. Sie steht immer um fünf Uhr auf. Da findet sie Fritze meist schnarchend und zähneknirschend auf dem Sofa vor. In Fritzes Horoskop steht, er hat sich angesiedelt und in seiner Ordnung gefunden. Das stimmt, sagt Fritze.

Eigentlich ein ganz schönes Leben, hat Fritze an dieser Stelle an den Rand geschrieben. Ich weiß aber von Petra, daß Fritze öfter tagelang verschwunden war. Wenn er dann zurückkam, sagte er kein Wort, legte sich ins Bett und schlief vierundzwanzig Stunden. Einmal wollte ihn Petra aufwecken, da hat er nach ihr getreten. Das macht sie nicht noch mal, sagt sie.

Eines Tages ist Petra nicht zu ihren Kreuzfüßen gegangen und hat gewartet bis Fritze aufwacht. Er erhebt sich ächzend, seine Hände zittern, nein, sie schlackern. Das ist deine Morgengymnastik, sagt Petra. Fritze kippt zwei kleine Fläschchen. Mir wird schlecht, wenn ich es nur sehe, sagt Petra. Nette Menschen trinken gerne Kümmerling, sagt Fritze und ist gleich ganz gut gelaunt. Aber nicht lange. Petra sagt, das geht so nicht weiter. Das Geld, das sie auf die hohe Kante gelegt hat, ist alle, und außerdem geht ihr das langsam auf die Nerven, wie er sich hängen läßt, und einen Bauch hat er auch gekriegt. Sie will kein ständig beduseltes Haustier, und sie will nicht alles noch mal erleben. In Bonnies Ranch haben sie ihr gesagt, sie leidet am Helfersyndrom, und davon muß sie weg. Ich helfe dir doch auch, sagt Fritze, aber seine menschlich warmen Worte nützen diesmal nichts. Petra hat mit ihrem Onkel gesprochen, Fritze kann eine Schulung als Versicherungsvertreter machen. Aber vorher muß an seinem Äußeren gearbeitet werden. Vor allem die braunen Zähne machen einen schlechten Eindruck. Deswegen hat schon ihr Mann keine Arbeit gefunden. Das Gebiß muß im ganzen saniert werden, das bezahlt sie noch und auch anständige Klamotten.

Versicherungen, sagt Fritze, so ein Blödsinn, den Leuten Versicherungen aufschwatzen, und die Konzerne kassieren dann die Zinsgewinne, dem Schweinesystem in die Tasche wirtschaften, soweit kommt es noch. Ja, sagt Petra, das ist unter deiner Würde, du bist ja zu Höherem geboren, aber vor die Weltherrschaft hat der Herr die Arbeit gesetzt. Versicherungen sind kein Blödsinn. Warte mal, Petra zieht einen Zettel aus der Tasche, den Fritze hier eingeklebt hat.

Versicherungen dienen zur Deckung eines durch zufällige Ereignisse eingetretenen schätzbaren Bedarfs unter organisierter Verteilung auf zahlreiche gleichartig bedrohte Wirtschaften und Personen. Versicherungen sind also Werke der Solidarität, zutiefst menschenfreundliche Vorkehrungen gegen den unbarmherzigen Zufall, die grausame Unberechenbarkeit der Dinge und die Härte des Schicksals.

Au Backe, sagt Fritze. Der Zahnarzt ist ein netter Kerl, und bei den vielen Behandlungen kommt man ins Gespräch. Er hat bei Immobiliengeschäften im Osten viel Geld verloren. Er hatte eine Mietgarantie, aber nur für ein Jahr. Jetzt steht alles leer. Die Wiedervereinigung macht uns fertig, jetzt zahlen wir denen die Infrastruktur. Ohne Privatpatienten lohnt sich das alles nicht mehr. Und jetzt auch noch die Gesundheitsreform, bald kann man alles lassen, qualifizierte Patientenberatung ist nicht mehr drin. Der Zahnarzt kneift Fritze in den Arm, die Durchblutung ist in Ordnung, nur die gelbliche Färbung macht ihm Sorgen. Für alle Risiken gibt es eine Absicherung, sagt Fritze, ich erkläre dir das demnächst mal. Wir sind auf Ärzte spezialisiert und machen ein Rundumangebot.

Fritze muß zur Vertreterkonferenz, er hat sich die Haare eingeölt und nach hinten gekämmt und trägt seinen neuen Boss-Anzug. Den Aufnäher mit dem Logo am Ärmel hat er dran gelassen. Der Mann bringt die höchsten Umsätze, und das als Neueinsteiger, wie erklären sich das die Herren. Wenn keiner es weiß, sagt Fritze, dann erkläre ich es. Alles eine der Frage der Einstellung, Verkaufen findet im Kopf statt und in der Nase. Man muß die schwachen Stellen der Leute erkennen und vor allem ihre Ängste. Die Policen muß man ihnen verschreiben wie ein Arzt die Pillen. Er macht dem Chef ein Angebot, er übernimmt die Außendienstleitung, dann läuft das hier ganz anders, da wird er die Jungs mal über glühende Kohlen jagen, damit sie erfahren, was der Mensch alles leisten kann. Die Vertreter murren. Fritze ist ein Kokser und ein Schluckspecht, sagt der Familienvater, der menschelt die Leute ein und verspricht ihnen das Blaue vom Himmel, früher oder später gibt das Probleme. Der Chef schaut Fritze groß an. Das mit dem Koks ist Blödsinn, sagt Fritze, er muß Medikamente nehmen wegen der Hüftschmerzen, und mal ein Gläschen mit den Kunden oder nach einem schweren Tag ist ja wohl normal. Und ob sie die Geschichte von Friedrich dem Großen kennen. Dem meldete ein Obrist, der Rittmeister A. neige leider zum Trunke, sei aber im übrigen ein fähiger Offizier und bei der Truppe sehr beliebt. Darauf der König, ja wenn das so ist, so sauf er auch, Blödmann, sagt Fritze und legt die Beine auf den Tisch, ich bin der erste Diener der Firma und habe alles unter Kontrolle, im Gegensatz zu dir, du Null. Ist das ein Spinner, sagt der Familienvater, und alle reden zugleich. Jetzt mal Ruhe, sagt der Chef.

XI. STATION

Ja, schreit Fritze und springt auf, Ruhe ist die erste Bürgerschweinpflicht, wißt ihr überhaupt, wer ich bin, ihr Pfeifen, ich bin Adolf Hitlers Sohn, wenn ich an der Macht bin, werdet ihr zu Ketchup verarbeitet, ihr faulen Tomaten, dann kriegt ihr den totalen Krieg.

Bis dahin konnte Fritze den Vorfall offenbar noch rekonstruieren. Danach soll er Petra zufolge mit hoher Stimme mehrmals Jawoll gebrüllt haben, dann sei ein Pfeifen zu hören gewesen, als wenn Luft entwichen sei. Danach sei er in sich zusammengesackt.

Hier ist ein längerer Brief von Petra angefügt, den sie Fritze ins Landeskrankenhaus geschrieben hat. Ich fasse ihn hier unter weitgehender Auslassung der Passagen zu Petras Befindlichkeit zusammen.

Petra geht zu Fritzes Chef, ihrem Verwandten. Es ist ihr peinlich, sagt sie. Sie hat Fritze gedrängt, aus Eigennutz, und das war gar nichts für ihn, er war eigentlich ganz glücklich vorher. Andererseits, während der Arbeit, feurig war er und mitreißend plötzlich wieder, sie weiß gar nicht, was sie davon halten soll. Ja, tragisch, sagt der Chef, wir hatten eine Betriebsprüfung, überall Pfusch und Schlamperei, also mangelnde Effizienz, besonders bei den Spießern, diesen ganzen gescheiterten servilen Blödmännern, für die Versicherungen die letzte Bremse vor dem Abrutschen sind. Nur bei Fritze war alles tip top, und die Kunden beklagen sich schon, daß er nicht mehr da ist. Was ist denn Sache, ist Fritze wirklich drogensüchtig. Wenn ich es wüßte, sagt Petra, dann wäre Schluß wegen meines Helfersyndroms, es sind so Phasen, manchmal denke ich ja, dann ist wochenlang wieder alles in Ordnung, aber man kommt ja nie ganz dahinter. Raffiniert sind die beim Täuschen, das war schon bei ihrem Mann so.

Der Chef hat eine Idee. Fritze macht eine Entziehungskur. Währenddessen wird sein Grundgehalt weiter gezahlt. Und wenn er es dann schriftlich hat, daß Fritze sauber ist, es gibt doch diese Haaranalysen, kann er wieder anfangen. Er hätte sogar noch mehr mit ihm vorgehabt. Sie machen ja jetzt im Osten eine Agentur nach der anderen auf. Im Oktober soll es in Weimar losgehen. Wenn Fritze bis dahin wieder auf dem Damm ist, könnte er das machen.

Von hier ab folge ich wieder Fritzes Aufzeichnungen. Seine Entziehungskur im Edertal, das liegt im Hessischen, hat er anfangs eifrig protokolliert. Dazwischen finden sich immer wieder hingeschmierte Ausrufe, zumeist in Fäkalsprache, die seinen Vater betreffen. Sie ergeben keinen Sinn, so verzichte ich auf eine Wiedergabe.

In der ersten Woche muß man lernen, sich an Regeln zu halten, so absurd sie auch scheinen mögen. Sechs Uhr aufstehen und Gymnastik, Bett machen und die Wäsche auf Kante legen. Es gibt weiße Striche, die dürfen nicht übertreten werden, obwohl das Tor der Einrichtung offensteht. Wie früher auf seinem Hof, sagt Fritze dem Therapeuten. Abends von sechs bis sieben ist nämlich Gruppen- oder Einzeltherapie. Am Anfang muß Fritze jedesmal sagen, daß er Fritze heißt und krank ist und geheilt werden möchte.

In der zweiten Woche ist die erste Therapiestunde mit Angehörigen. Der Vater will das nicht, aber er bringt die Mutter und wartet draußen im Café am See. Der Therapeut fragt, ob sie selber schon einmal Drogen konsumiert hat. Drogen hat man das nicht genannt, sagt sie, aber sie hat getrunken, aber sie ist jetzt seit neun Jahren trocken seit einer Kur im Jüdischen Kran-

XI. STATION

kenhaus in Berlin. Das war hart, hat aber geholfen. Ob Fritze das widerlich fand, wenn die Mutter besoffen war, fragt der Therapeut. Nein, sagt Fritze. Er ist nicht ehrlich, sagt der Therapeut, was will er verbergen. Traurige Menschen trinken, sagt Fritze, was sollen sie sonst machen. Ausreden, sagt der Therapeut, Süchtige sind Weltmeister in Ausreden, traurig wird man vom Trinken. Nein, sagt die Mutter. Hat es sexuelle Kontakte mit der Mutter gegeben, fragt der Psychologe, ist er mißbraucht worden, oder warum blockt er ab. Die Mutter weint. Blödsinn, sagt Fritze, ihr Psychologen habt nur Scheiße im Kopf, ihr seid die Krankheit. Komm, sagt er zur Mutter, ich bringe dich nach draußen. Das Verlassen des Geländes ist verboten, sagt der Psychologe. Wichs dir einen, du Penner, sagt Fritze. Er bringt die Mutter zum Mercedes Benz, grüßt nur kurz zum Vater hinüber, geht ins Café und trinkt drei Bier und Korn.

Fritze muß zum Anstaltsleiter. Fritze muß gehen, sagt der, die Kur hat hier feste Regeln. Er hat das ja unterschrieben, die Kosten muß er selber tragen, das zahlt die Kasse nicht. Offensichtlich ist Fritze noch nicht tief genug im Morast, aber da kommt er noch hin. Früher oder später kommen sie alle dahin. Ich bin nicht alle, sagt Fritze, auf Nimmerwiedersehen. Fritze geht durch das Vorzimmer und nimmt einen Briefbogen aus der Ablage.

Hier liegt ein maschinenschriftliches Gutachten bei:

Der Patient hat in unserem Hause auf eigenen Wunsch eine kurförmige Behandlung nach nervöser Erschöpfung mit dissoziativer Bewußtseinsstörung angetreten. Er wurde unter Vermutung einer Suchterkrankung infolge Opiatintoxikation sowie einer Polyneuropathie infolge verschiedener toxisch wirkender Stoffe untersucht. Während der einwöchigen Untersuchungs- und Beobachtungsphase trat jedoch keine der einschlägigen psychischen oder physischen Entzugserscheinungen wie Angstgefühle und Verlangen nach der Droge, Mydriasis, erhöhte Respiration, Muskelzucken, verminderte Vitalkapazität oder Diffusionsbeeinträchtigung auf. Beobachtet wurde lediglich leichter Tremor, häufiges Gähnen und gelegentliche übermäßige Schweißbildung. Außerdem klagte der Patient über Schmerzen in der Hüfte und im Knochenbereich der Extremitäten. Auch die Laborwerte ergaben keinen entscheidenden Hinweis auf eine körperliche Abhängigkeit. Eine Hypergammaglobulinämie konnte sowenig festgestellt werden wie die typische, aus der Inokultation durch verschmutzte Nadeln resultierende bakterielle Endokarditis. Die Aspartat- und Alanin-Aminotransferase (AST früher SGOT bzw. ALT früher SGPT) ergab allerdings leicht erhöhte Werte, im Zusammenhang wurde eine mäßige Glutathionverarmung der Leber festgestellt. Diese Werte lassen sich auf einen erhöhten Gebrauch von Acetaminophen (Paracetamol) in Zusammenhang mit Genußmitteln zurückführen, den der Patient nach eigenen Angaben infolge periodischer Schmerzen praktiziert. Die psychosomatische Beobachtung ergab lediglich Anzeichen von Hypersensibilität, ohne daß eine toxikologische Ursache festgestellt werden konnte. Der IQ-Test ergab insgesamt überdurchschnittliche Intelligenz mit Spitzenwerten im logisch-mathematischen Bereich sowie beim räumlichen Vorstellungsvermögen. Insgesamt fügen sich die Befunde nicht zum typischen Bild einer Suchterkrankung.

Darunter hat Fritze geschrieben: Je detaillierter, desto glaubwürdiger.

Siehst du, sagt Fritze zu Petra, diese Verleumdungen, du kannst dich nicht von der Vergangenheit lösen, aber ich verzeihe dir. Fritze soll die Bezirksagentur Thüringen II in Weimar aufbauen. Er darf zwei Ossis einstellen und ist also jetzt Chef. So sollen sie ihn auch anreden, dürfen ihn aber dabei duzen. Es sind nette Kerle, schreibt Fritze an Petra, überhaupt kommt er gut mit den Menschen aus, hier gibt es noch menschliche Wärme, fragt sich nur wie lange, wenn die Geschäftemacher aus dem Westen weiter einfallen wie die Schmeißfliegen. Die industrielle Landschaft mag ja bald blühen, ob dabei die Seelenlandschaft vertrocknet, wird man sehen. Allem Anfang aber wohnt ein Zauber inne, der die Armut mit einem goldenen Schimmer versieht. Fritze wohnt und arbeitet in einem Container, seine Geschäftsstelle ist noch im Bau.

Heute ist sogar das Telephon angeschlossen worden. Jungs, sagt Fritze, das müssen wir feiern, besorgt mal Bier und Korn, aber nicht zu knapp. Fritze und seine Mannschaft trinken und hören die Prinzen und singen die Refrains mit. Das ist alles nur geklaut, das ist alles gar nicht meines, das ist alles nur gelogen und gezogen und geraubt, Entschuldigung, das hab ich mir erlaubt. Bei mir könnt ihr noch was werden, sagt Fritze, wenn ihr loyal seid, auf unsere Zukunft, Prost. Fritze schlägt vor nachzusehen, wie die Sterne stehen. Sie torkeln hinaus. An der Mauer neben der Baustelle lehnt eine Leiter. Dann wollen wir mal rübermachen, sagt Fritze, wirft seinen Stock weg und steigt die Leiter hinauf. Die Ossies lachen. Über allen Wipfeln ist Ruh, über allen Gipfeln spürest du kaum einen Hauch, deklamiert Fritze, wie geht es weiter, fragt er seine Jungs. Sie wissen es nicht. Keine Kultur hier, sagt Fritze, warte nur balde – Fritze stürzt von der Mauer wie Humpty-Dumpty, und alle Pferde und Männer des Großherzogtums können ihn nicht wieder zusammensetzen. Jedenfalls nicht ganz. Oberschenkelhalsbruch und mehrere Frakturen im rechten Bein. Das wird kompliziert, sagt der Arzt. Sie werden vermutlich endgültig am Stock gehen. Es ist der Mensch, sagt Fritze bei der Narkose oder will es gesagt haben. Den Arzt hat er noch sagen hören, gib ein bißchen was drauf, das ist ein Schluckspecht.

XII. STATION

*Fritze erhält eine Mettwurst
und geht in den Park*

Dieses Heft hatte Fritze ursprünglich sehr sauber angelegt, später hat er jedoch wieder überschrieben. Außerdem finden sich oft Blutspritzer auf dem Papier, das war mir ein wenig ekelhaft. Auf die erste Seite hat er mit einer Schablone in Jugendstilschrift ein Gedicht von Stefan George gesetzt.

Komm in den totgesagten park und schau:
Der schimmer ferner lächelnder gestade.
Der reinen wolken unverhofftes blau
Erhellt die weiher und die bunten pfade.

Dort nimm das tiefe gelb. das weiche grau
Von birken und von buchs. der wind ist lau.
Die späten rosen welkten noch nicht ganz.
Erlese küsse sie und flicht den kranz.

Vergiss auch diese letzten astern nicht.
Den purpur um die ranken wilder reben.
Und auch was übrig blieb vom grünen leben
Verwinde leicht im herbstlichen gesicht.

Neben dem Text findet sich ein Blutfleck, von dem aus Fritze über das Gedicht geschrieben hat: Mein Gesicht schon winterlich, vom schönen Leben nichts mehr übrig. Den Doppelsinn des verwinden scheint Fritze nicht bemerkt zu haben. Solche Beobachtungen am Rande schmerzen mich gelegentlich mehr als der Inhalt der Geschichte.

Im letzten Heft mehren sich Aufzeichnungen, in denen Fritze Gespräche anderer über ihn wiedergibt oder erfindet. Seine Umwelt scheint ihm nicht so unwichtig zu sein, wie er mir gegenüber behauptet.

Petra ruft Fritzes Bruder an, was sie machen soll, sie muß ihm doch helfen, es ist alles ihre Schuld, sie hätte ihn so lassen sollen, wie er ist. Unsinn, sagt der Bruder, der war in seinem Leben noch nie er selbst. Wer seine Selbstwerdung versäumt, den verachten die Götter. Sie lassen ihn keine Felsen auf den Berg rollen, sondern zerren ihn am Gängelband auf und nieder, wer sich da anhängt, zappelt mit, und das ist die äußerste Sinnlosigkeit. Spielball sein und getreten werden ist schlimm genug, Anhängsel sind nicht einmal absurd. Dann sind die Götter grausam, sagt Petra, der Christengott ist barmherzig und hat Mitleid mit den Geschundenen und Aussätzigen. Der ist noch viel übler, sagt der Bruder, die Vergötterung des Elenden ist ekelhaft. Hebe deinen Kopf von deinen schönen Kreuzfüßen mit den frommen Sprüchen und sieh nach oben. Dann drehe dich um und blicke nicht mehr zurück. Gott spricht nur durch unser Herz zu uns, sagt Petra, aber ich vernehme keine Botschaft mehr. Dann hör auf die Vernunft, sagt der Bruder, das ist in der Not nicht zu verachten, mir tut es ja selbst weh, aber wenn er es noch schaffen kann, sich zu befreien, dann nur allein.

Noch einmal müssen die Eltern Fritze wiedernehmen. Welch ein Mensch, sagt die Mutter, sein ganzer Leib zerschlagen. O heilige Jungfrau Maria, Du Mutter der Schmerzen, durch die Schmerzen, die Du empfunden, als Du den verwundeten Leichnam Deines Sohnes in Deinen Armen hieltest, bitte ich Dich, habe Mitleid mit den Wunden meiner Seele und erwirb mir die Gnade, von ihnen immer mehr geheilt zu werden. Versündige Dich nicht, sagt der Vater, womit habe ich das verdient.

Fritze kann ab und zu für den Vater zeichnen, zwanzig Mark die Stunde. Der Vater hat das Büro verkleinert, er will bald aufhören, er hat Bluthochdruck. Fritze arbeitet ordentlich, sagt der Vater, aber ich kann ihn nicht sehen, das Individuum, und nicht hören, er seufzt so schrecklich, ich sehe immer zu, daß ich nicht da bin, wenn er arbeitet. Er hat Schmerzen, sagt die Mutter, das arme Schwein, er ist doch ganz tapfer. Fritze soll auch das Haus hüten und den Hund, wenn die Eltern im Urlaub sind. Wohl ist mir nicht, sagt der Vater. Es ist doch das letzte Jahr alles gutgegangen, sagt die Mutter. Das wissen wir doch nicht, sagt der Vater, wir wollen es ja gar nicht wissen, vor lauter Angst.

Hier hat Fritze einen Zeitungsbericht über einen Einbruch im Haus seiner Eltern eingeklebt. Dazu gibt es aber auch Notizen von ihm, bei denen mir nicht klar ist, woher die Informationen rühren. Vermutlich aber von der Mutter.

Als die Eltern wiederkommen, steht das Haus offen, Fritze ist nicht da und der Hund auch nicht. Der Hund ist überfahren worden, unten auf der Landstraße, sagen die Nachbarn, sein Freund, Dackel Müller, hat überlebt. Wo Fritze ist, wissen sie nicht, vor drei Tagen muß er noch da gewesen sein, jedenfalls gab es laute Musik, infernalisch, wohl eine Party. Drinnen ist alles verwüstet. Tische und Stühle umgeworfen, dazwischen leere Flaschen und zerbrochene Gläser, das Geschirr und die Wäsche aus den Schränken gerissen, der Barschrank aufgebrochen und auch der Dokumentenkasten im Büro, der Schmuck ist weg, die Scheckhefte und auch das Testament, weiterhin die Stereoanlage, der Fernseher und die Sammelteller. Nicht nur Diebstahl, die blinde Zerstörungswut, sagt die Kriminalpolizei.

Fritze ist nicht zu erreichen. Kein Anschluß unter dieser Nummer. Der Vater fährt zu seiner Wohnung. Fritze ist seit Wochen nicht mehr aufgetaucht, die Miete hat er seit letztem Jahr nicht mehr bezahlt, sagt der Hausmeister. Zuletzt standen Skinheads vor der Tür, die haben gebrüllt, Fritze soll rauskommen. Er hat die Polizei gerufen. Die Wohnung hat er aufbrechen lassen, weil es stank. Es war alles voller Mülltüten, leerer Flaschen und schmutziger Wäsche. Der Kammerjäger mußte kommen. Die Sachen hat er in den Keller geräumt. Der Vater kann sie abholen.

Fritzes Eltern gehen zur Polizei und wollen eine Vermißtenanzeige aufgeben. Der ist nicht verschwunden, sagt der Polizist, gestern war er noch vor der Drogenberatungsstelle, wo die sich immer treffen. Sie haben ihn zu dem Einbruch verhört, angeblich hat er in der fraglichen Nacht im Park geschlafen, volltrunken. Die Berber haben seine Aussage bestätigt. Sie haben auch zwei Fixer gefaßt, als sie die Sammelteller verkaufen wollten. Sie kennen Fritze, aber auch sie haben angegeben, daß er nicht dabei war. Sie bleiben aber an dem Fall noch dran.

Wenigstens ist er nicht kriminell, sagt die Mutter. Der Polizist lacht und ruft Fritzes Akte am Computer auf. Einbruchdiebstahl in einem Lederwarengeschäft, in einer Apotheke, in einer Gaststätte, Ladendiebstahl bei Karstadt, bei Leffers, bei Saturn, Tätlichkeit, Beamtenbeleidigung und so weiter und so weiter. Kleine Fische, aber die Staatsanwaltschaft bereitet eine Anklage vor. Die Mutter bricht in Tränen aus. Dann soll er eben ins Gefängnis, sagt der Vater. Vielleicht ist das die letzte Rettung. Wohl kaum, sagt der Polizist. Weinen Sie nicht, gnädige Frau, Sucht und Kleinkriminalität hängen zusammen. Ihr Sohn ist wahrscheinlich gar kein schlechter Mensch, er ist eben in die Mühle hineingeraten. Wir sind da machtlos und die Justiz auch. Wahrscheinlich hilft nur die Freigabe von Drogen. So weit kommt es noch, sagt der Vater, zu meiner Zeit gab es so etwas nicht. Wie kommt das denn nur, sagt die Mutter, wir haben doch getan, was wir nur konnten. Es klingt vielleicht schnöde, sagt der Polizist, aber es ist sinnlos, sich darüber Gedanken zu machen. Der Anteil der Drogenkonsumenten ist in den westlichen Ländern überall ungefähr gleich hoch. Es gibt immer Leute, die das brauchen, die in dieser Wirklichkeit nicht zurechtkommen, unabhängig von der Herkunft, Erziehung und Bildung. Warum, weiß nur der liebe Gott. Ihre Schuld ist es jedenfalls nicht, aber das ist kein Trost, ich weiß. Sie müssen damit leben, vergrämen Sie sich nicht, das hat keinen Sinn. Komm, sagt der Vater, wir gehen jetzt nach Hause.

Fritze behauptet, er könne sich an das alles überhaupt nicht mehr erinnern.

Fritze muß also wieder vor Gericht. Er gibt alle Taten zu. Sein Pflichtverteidiger weist darauf hin, daß sein Mandant von sich aus die Drogenberatung aufgesucht hat. Die Prognose des Therapeuten ist recht günstig. Fritze ist ohne zusätzliche Mittel, allein aufgrund einer Gesprächsbegleitung seit mehreren Wochen drogenfrei. Die letzte ärztliche Untersuchung hat lediglich noch Schmerzmittelabusus ergeben, der jedoch wegen der chronischen Schmerzen aufgrund der Nachwirkungen schwerer Verletzungen verständlich erscheint. Auch hier hat sich jedoch schon Besserung eingestellt. Fritze wird zu sechs Monaten Haft verurteilt. Bei guter Führung und weiterhin günstiger Prognose kann er in ein neuartiges betreutes Wohn- und Arbeitsprojekt einrücken, sobald es in Betrieb genommen wird.

Fritze geht es ganz gut. Täglich mehrere Stunden den Stock mit dem Besen vertauschen, das kräftigt Leib und Seele, er hat schon ganz breite Schultern. Von den Eltern hört und sieht er nichts. Nur Tante Erna schreibt ihm und schickt Wurst und Kuchen. Der Bruder schickt ein Paket Kaffee, eine Tafel Schokolade, eine Stange Zigaretten, zehn Briefmarken und ein Buch. John Barleycorn von Jack London. Blödmann, schreibt Fritze, John Barleycorn ist tot.

In den Aufzeichnungen aus dem Gefängnis finden sich sehr gegensätzliche Notizen. Einerseits Ausdrücke beinahe heiterer Entsagung und Weltferne, andererseits Vorsätze, es allen noch einmal zeigen zu wollen. Das Leben ist mir noch etwas schuldig, schreibt er, ich will haben, was die Sirenen versprechen, ohne mich an den Mastbaum der Disziplin zu fesseln.

Fritze kommt in das betreute Wohnprojekt. Er hat ein kleines Appartement mit Dusche und Küchentheke. Alles ganz hell und freundlich, schreibt er seiner Schwester, mit Grünpflanzen. Er arbeitet in der Bautischlerei. Fenster, Türen, Zargen. Es ist ziemlich langweilig. Arroganz kann er sich nicht mehr leisten, schreibt seine Schwester zurück, er soll jetzt mal Demut lernen. Das fehlte noch, merkt Fritze an.

Fritzes Therapeutin heißt Susanne. Es ist ihre erste feste Stelle. Sie ist sehr nett, hübsch dazu. Das sagt ihr Fritze auch. Danke, sagt Susanne, aber das tut nichts zur Sache, sie möchte, daß er sich mehr öffnet, er ist so wortkarg. So kommt man nicht weiter, er muß sich mehr persönlich einbringen. Sie will mit ihm über seinen Vater reden. Ich wollte nie so sein wie der, sagt Fritze, aber ich wollte ihm imponieren. Und haben, was er hatte, und noch mehr, ein Haus mit Garten und einen Mercedes Benz in der Garage mindestens, am besten einen Lear Jet am Flughafen, immer startbereit. Ich weiß nicht, was davon der größere Fehler war, ich hätte ja nicht einmal gewußt, wo ich hinfliegen soll.

Und die Beziehung zur Mutter. Da gibt es nicht viel zu sagen, sagt Fritze, die war eigentlich immer recht gut, geradezu mystisch zu mancher Zeit, ich wußte dann genau, wie sie sich fühlt. Ob er das normal fand, fragt Susanne. Weiß nicht, sagt Fritze, war eben so, Frauen verstehe ich überhaupt viel besser als Männer. Das denken sie alle, sagt Susanne. Er kann ihr das beweisen, sagt Fritze, aber dafür muß sie mit ihm ins Bett gehen. Das Persönliche lassen wir weg, sagt Susanne. Hast du nicht gerade das Gegenteil gesagt, fragt Fritze. Er hatte mal eine Freundin, die hieß nämlich Susanne, die hatte sich in die Hose gemacht, und er hat sie ausgewaschen, und getrocknet hat sie die Sonne, und er hat ein Lied dazu gedichtet. Das war ein schönes poetisches Erlebnis, das hat er nie vergessen, obwohl es schon sehr lange her ist. Das sind die wichtigen Erinnerungen im Leben, liebe Susanne, geadelt durch Poesie. Susanne nimmt dich mit zu einem Boot unten am Fluß. Und du willst mit ihr reisen, willst es blind, denn du hast im Geist ihren makellosen Körper schon berührt. Er soll jetzt bitte die Faxen sein lassen, und Schweine haben sie auch noch nicht zusammen gehütet, er weiß schon, was sie meint. Ja, sagt Fritze, weiß ich, und lacht. Susanne wird rot. Steht dir gut, sagt Fritze und will gehen. Herrgott, sagt Susanne. Fritze dreht sich langsam um. Hast du mich gerufen. Das zieht doch nicht, sagt Susanne, das ist lächerlich und traurig irgendwie, ich weiß gar nicht, ob ich schon einmal einen so unmöglichen Menschen kennengelernt habe wie dich, ich meine Sie. Fritze umarmt sie und will sie küssen. Sie wehrt sich, und Fritze stürzt und schlägt gegen den Schreibtisch. Mein blödes Humpelbein, sagt er, und hält sich den Kopf. Es tut mir so leid, sagt Susanne und hilft ihm auf.

Hier hat Fritze eine Karte beigeheftet, auf der er, wieder mit der Schablone, ein Gedicht von Hugo von Hofmannsthal aufgeschrieben und mit Rankenornamenten versehen hat. Mein Garten für Susanne steht darüber:

Schön ist mein Garten mit den goldnen Bäumen,
Den Blättern, die mit Silbersäuseln zittern,
Dem Diamententhau, den Wappengittern,
Dem Klang des Gong, bei dem die Löwen träumen,
Die ehernen, und den Topasmäandern
Und der Volière, wo die Reiher blinken,
Die niemals aus dem Silberbrunnen trinken
So schön, ich sehn' mich kaum nach jenem andern,
Dem andern Garten, wo ich früher war.
Ich weiß nicht wo ... Ich rieche nur den Thau,
Den Thau, der früh an meinen Haaren hing,
Den Duft der Erde weiß ich, feucht und lau,
Wenn ich die weichen Beeren suchen ging ...
In jenem Garten, wo ich früher war ...

Ich kann mir nur schwer vorstellen, was Susanne diese Karte vermittelt hätte. Die Poetisierung der Beziehung zu Susanne steht in völligem Gegensatz zu der Ehrlichkeit, mit der Fritze seine lächerlich anmutenden Bemühungen um sie beschreibt. Als Psychologin hätte sie vielleicht interpretiert, daß Fritze aus seiner Verschlossenheit und Erstarrung herausmöchte, aber keinen anderen Weg sieht als den zurück in eine in der Chiffre des Gartens undeutlich erinnerte Kindheit. Das hätte sie vermutlich therapeutisch nicht gebilligt. Aber sie hat die Karte offensichtlich nie bekommen. Fritze hat sie mit einer blutigen Klinge kreuzweise eingeritzt.

XII. STATION

Seine Strafe hat Fritze abgebüßt. Jetzt muß er zum Projektleiter, ob er noch bleiben kann und will. Susanne ist auch dabei. Es tut ihr leid, sagt sie, vielleicht ist sie ja unfähig, allerdings mit den anderen kommt sie zurecht, aber mit Fritze geht gar nichts, er ist ihres Erachtens therapieresistent, jedenfalls einfach zu merkwürdig. Sie sieht sich nicht in der Lage, eine Prognose abzugeben. Er ist ein ganz netter Mensch eigentlich, man kann sich über alles mögliche mit ihm unterhalten, einmal gab es einen ganz guten Ansatz, aber dann stagnierte alles, und er hat nur noch abgewehrt oder eigenartige Sachen gesagt, von den sie nicht wußte, ob er sie gerade erfunden hat oder ob er das so ähnlich tatsächlich erlebt hat als Kind. Er hat läuten hören, Fritze sei zudringlich gewesen, sagt der Projektleiter. Nein, sagt Susanne, das kann man so nicht sagen, das tut auch nichts zur Sache. Ich liebe sie, sagt Fritze, sie ist nicht unfähig, sie hat nur den falschen Beruf. Das sind ja Sachen, sagt der Projektleiter und schaut die Therapeutin an. Susanne wird rot. Idolisierungen kommen in der therapeutischen Praxis häufig vor, sagt sie, manchmal sind sie sogar nützlich, aber in diesem Fall nicht. Ich komme mir blöd vor.

Der Werkstattleiter beklagt sich über Sie, sagt der Projektleiter, nicht über die Arbeit, aber über das Verhalten. Sie verschlafen fast jeden Tag, und Sie reden nicht mit den Kollegen. Ich bin immer müde, und mir fällt nichts ein, sagt Fritze, was soll ich machen. Das muß sich aber ändern, sonst können Sie nicht bleiben. Das hat sowieso keinen Sinn, sagt Fritze. Sinn hat nur etwas, von dem man will, daß es Sinn hat, sagt der Projektleiter. So schlau bin ich auch, sagt Fritze, ich wünschte, ich wäre dümmer, dann könnte ich mich an der Herstellung von Zargen und an der Hydrokultur in meinem Appartement erfreuen und abends mit den anderen Pfeifen fernsehen. Fritze zerkrümelt eine Zigarette in seinen Händen. Ich habe Ihre Intelligenz nicht angezweifelt, sagt der Projektleiter, Sie haben aber nichts daraus gemacht, Zargen werden immerhin gebraucht, schlaue Sprüche mit nichts dahinter dagegen weniger. Fernsehen bringt immerhin die Menschen ins Gespräch miteinander, Bücherlesen ist eine einsame Angelegenheit, aber das nur nebenbei.

Sein Problem ist, er will das ganz ehrlich sagen, das Projekt ist neuartig, und er hat sich damit identifiziert, er möchte beweisen, daß man niemanden abschreiben muß, auch ältere Abhängige nicht, er möchte in der Erprobungsphase keine Mißerfolge, sonst ist die Finanzierung irgendwann gefährdet, Arbeitsplätze hängen schließlich daran, auch der von Susanne, in Niedersachsen geht das so auf und ab mit der sozialen Reformfreude, je nach Kassenlage, und die jüngsten neoliberalistischen Äußerungen des Ministerpräsidenten begünstigen solche Vorhaben möglicherweise nicht gerade. Aber davon ab, um Fritze wäre es schade, er würde das als persönliche Niederlage empfinden. Was Susanne denn meint. Das einzige, was ich sicher weiß, sagt Susanne, ist, daß er sich fürchterlich langweilt. Wir können das nicht verstehen, diese Menschen haben das Paradies gesehen und Gethsemane auch. Wie sollen wir sie überzeugen, daß sie ihr Brot im Schweiße ihres Angesichts essen sollen, zumal es im Sozialstaat Brot auch ohne Schweiß gibt. Das kann auf die Dauer nicht gutgehen, das paßt alles nicht zusammen in dieser Gesellschaft, wenn überhaupt muß der Leidensdruck groß genug sein, um Anpassung als bessere Lösung erscheinen zu lassen. Ich bezweifele, daß das bei ihm der Fall ist. An Leiden herrschte kein Mangel, sagt Fritze, ich kann das aber aushalten. Vielen Dank für alles, Sie waren sehr nett, aber das ist an mir vertan.

XII. STATION

Die Mutter trifft Fritze vor der Arztpraxis. Er mußte am Kopf genäht werden. Er ist gestürzt. Du riechst nach Alkohol, sagt die Mutter. Sie hat gehört, daß er immer mit den Pennern im Park sitzt, schämt er sich denn gar nicht, mit diesem Abschaum der Menschheit. Will er immer noch tiefer sinken. Sie muß sich das anhören, jedesmal mal beim Friseur und sogar von Cousine Heidi, die selbst zuviel trinkt und zu dick ist, und in manche Läden traut sie sich gar nicht mehr, weil er da schon geklaut hat. Will er denn gar keine Rücksicht nehmen auf sie, krank wie sie ist. Da sind ganz wertvolle Menschen dabei, sagt Fritze, ehemalige hohe Tiere, wie du immer gesagt hast. Der Bauamtsleiter, der hat dir doch immer imponiert. Seine Frau hat ihn verlassen, als er in der Untersuchungshaft war. Jetzt trinkt er nicht mehr in der Bar vom Sporthotel, das wir gebaut haben, der Vater und ich, sondern im Park. Und da ist der Doktor Kallenbach, bei dem warst du auch schon. Er hatte einen Unfall, besoffen natürlich und übermüdet, wie die Chirurgen so sind, seine Frau war sofort tot, er hatte keine Schramme im Daimler Benz. Dafür einen Riß im Herzen. So ist das, ein Zufall oder eine Fügung, und schon ist es vorbei mit dem normalen Leben. Wenn du den Vater nicht gehabt hättest, säßest du vielleicht auch da. Oder du wärst in Hollywood gelandet. Wer weiß das schon. Vielleicht hast du recht, sagt die Mutter, ich sehe jünger aus und habe kaum Falten, im Gegensatz zu dir, aber ich kann mir diese Reden nicht anhören, es ist zu schrecklich, ich habe auch Termin, wegen meiner heißen Füße. Sie gibt ihm zwanzig Mark, aber das darf der Vater nicht wissen. Der Vater weiß alles, sagt Fritze, gute Besserung.

Fritze geht zum betreuten Wohnprojekt, Susanne besuchen, er weiß noch, wann sie Pause hat. Man könnte sich doch mal treffen, sagt er, in der richtigen Welt. Die

XII. STATION

Welt ist nicht richtig, sagt Susanne, sie ist eine gebrechliche Einrichtung, und manchmal sieht sie keinen Sinn mehr darin, Gliederpuppen wieder einzurenken. Fritze soll bitte wieder gehen, es geht ihr nicht gut, und sie hat Kopfschmerzen, vielleicht hat sie den falschen Beruf. Fritze geht zur Drogenberatungsstelle. Es ist nur ein Russe da. Er geht mit ihm hinter die Mauer. Am Kiosk kauft er eine Flasche Mariacron.

Die Cousine Heidi kommt in den Letzten Heller. Dein Vater ist tot, sagt sie, das Herz, du hast es ihm gebrochen. Vor den Vätern sterben die Söhne, sagt Fritze. Was du immer redest, sagt die Cousine, ich verstehe das nicht. Denk mal nach, sagt Fritze und weint.

Die Polizei findet ihn auf den Schienen beim Güterbahnhof. Das Gleis ist stillgelegt, sagt der Polizist, trotzdem Suizid-Verdacht, ins Landeskrankenhaus, geschlossene Abteilung.

Am zwölften Tag hat Tante Erna einen Feldgieker geschickt. Fritze war doch immer ein guter Kerl, schreibt sie dazu, aber der Deubel hat gemacht eine Wette mit dem Herrn um seine Seele. Sie geht jeden Tag in die Kirche und betet. O Herr, behüte die Schwachen, stärke die Sorgenden und Verzagten, halte die Schwankenden und die Sinkenden, errette die Gefallenen und die Verstrickten. Heiligstes Herz Jesu, Quelle des Lebens, erbarme Dich. Gib unserem Fritze das rechte Wort und die rettende Tat, daß er erleuchtet werde in der Finsternis. Hundert Tage Ablaß jedesmal. Fritze wird heute entlassen. Woher mir diese Gnade, fragt er den Arzt. Passen Sie gut auf Ihre Leber auf, sagt der, und gehen Sie nicht zum Garten, da treffen Sie nur Ihre Gespenster.

XII. STATION

Fritze kauft zwölf Flaschen Einbecker Pilsner und ein Herlitz-Schreibheft. Er geht in den totgesagten Park mit dem trüben Wasser, auf dem die Seerosen längst nicht mehr schwimmen wie aufgeschlagene Klassenbücher. Der Bauamtsleiter und der Doktor sitzen auf der Bank. Sie spielen Offiziersskat. Na Jungs, sagt Fritze, wie Werner, eiskalt. Tach Fritze, sagen die Penner, wie isses, lange nicht gesehen. Alles unter Kontrolle, sagt Fritze, lehnt seinen Stock an die Bank und teilt Bier aus. Aus seinem Boss-Jackett zieht er ein Stück von der Mettwurst. Mit seinem Vendetta-Messer schneidet er eine Scheibe aus der Kälberblase und schiebt sie sich in den Mund. An beiden Mundwinkeln läuft Blut. O wasch mich rein, sagt Fritze, öffnet den Schnappverschluß der Bierflasche mit einem Karateschlag und trinkt sie leer. Ich muß das alles aufschreiben, sagt er, die ganze verkorkste Geschichte. Fritze, sagt der Doktor, unsere Geschichten interessieren keinen Menschen. Ist ja nicht für die Menschen, sagt Fritze, nur für mich und Gott. Wir unterhalten uns manchmal in der Nacht, und manchmal weinen wir über die Welt. Mein Gott, sagt der Doktor, warum ändert er dann nichts, dein Gott. Er kann nicht mehr, sagt Fritze, er ist alt und müde. Er hält das Narbengesicht in die Sonne und lacht.

Soll mein Herz traurig sein, wie ich ihn da sitzen sehe.

Inhalt

I. STATION *Fritze kommt in den Westen, und ihm wird schlecht* 7

II. STATION *Fritze muß in die Schule, und Gott gibt es nicht* 21

III. STATION *Fritze sammelt Nägel, und die Uhr soll nicht mehr schlagen* 31

IV. STATION *Fritze wird vom Platz gestellt und will Schwedisch lernen* 44

V. STATION *Fritze wird Melancholiker und läßt Klassenbücher schwimmen* 54

VI. STATION *Fritze geht nach Berlin und lernt Höllenengel kennen* 68

VII. STATION *Fritze schreibt eine Erzählung oder nicht* 85

VIII. STATION *Fritze muß eine Reise tun und fliegen lernen* 108

IX. STATION *Fritze hat Schwären und muß Risse zeichnen* 122

X. STATION *Fritze wird verraten und stößt an eine Mauer* 133

XI. STATION *Fritze geht über die Grenze und lernt Kreuzfüße kennen* 147

XII. STATION *Fritze erhält eine Mettwurst und geht in den Park* 165

suhrkamp taschenbücher
Eine Auswahl

Tschingis Aitmatow. Dshamilja. Erzählung. Mit einem Vorwort von Louis Aragon. Übersetzt von Gisela Drohla.
st 1579. 123 Seiten

Isabel Allende
- Eva Luna. Roman. Übersetzt von Lieselotte Kolanoske.
- Fortunas Tochter. Roman. Übersetzt von Lieselotte Kolanoske. st 3236. 486 Seiten
- Das Geisterhaus. Übersetzt von Anneliese Botond. st 1676. 500 Seiten
- Paula. Übersetzt von Lieselotte Kolanoske. st 2840. 488 Seiten

Ingeborg Bachmann. Malina. Roman. st 641. 368 Seiten

Ulrich Beck/Elisabeth Beck-Gernsheim. Das ganz normale Chaos der Liebe. st 1725. 301 Seiten

Jurek Becker
- Amanda herzlos. Roman. st 2295. 384 Seiten
- Bronsteins Kinder. st 2954. 321 Seiten
- Jakob der Lügner. Roman. st 774. 283 Seiten

Samuel Beckett
- Molloy. Roman. Übersetzt von Erich Franzen. st 2406. 248 Seiten
- Warten auf Godot. Deutsche Übertragung von Elmar Tophoven. Vorwort von Joachim Kaiser. st 1. 245 Seiten

Louis Begley
- Lügen in Zeiten des Krieges. Roman. Übersetzt von Christa Krüger. st 2546. 223 Seiten
- Schmidt. Roman. Übersetzt von Christa Krüger. st 3000. 320 Seiten
- Schmidts Bewährung. Roman. Übersetzt von Christa Krüger. st 3436. 314 Seiten

Walter Benjamin. Illuminationen. Ausgewählte Schriften. Herausgegeben von Siegfried Unseld. st 345. 417 Seiten

Thomas Bernhard
- Alte Meister. Komödie. st 1553. 311 Seiten
- Heldenplatz. st 2474. 164 Seiten
- Holzfällen. st 3188. 336 Seiten
- Wittgensteins Neffe. st 1465. 164 Seiten

Peter Bichsel
- Eigentlich möchte Frau Blum den Milchmann kennenlernen. 21 Geschichten. st 2567. 73 Seiten
- Kindergeschichten. st 2642. 84 Seiten
- Zur Stadt Paris. Geschichten. st 2734. 120 Seiten

Volker Braun. Hinze-Kunze-Roman. st 3194. 240 Seiten

Bertolt Brecht
- Dreigroschenroman. st 1846. 392 Seiten
- Geschichten vom Herrn Keuner. st 16. 108 Seiten
- Hundert Gedichte. Ausgewählt von Siegfried Unseld. st 2800. 188 Seiten

Lily Brett
- Einfach so. Roman. Übersetzt von Anne Lösch. st 3033. 446 Seiten
- Zu sehen. Übersetzt von Anne Lösch. st 3148. 332 Seiten

Antonia S. Byatt. Besessen. Roman. Übersetzt von Melanie Walz. st 2376. 632 Seiten

Truman Capote. Die Grasharfe. Roman. Übersetzt von Annemarie Seidel und Friedrich Podszus. st 3135. 208 Seiten

Paul Celan. Gesammelte Werke 1-3. Gedichte, Prosa, Reden. Drei Bände. st 3202-3204. 998 Seiten

Clarín. Die Präsidentin. Roman. Übersetzt von Egon Hartmann. Mit einem Nachwort von F. R. Fries. st 1390. 864 Seiten

Sigrid Damm. Ich bin nicht Ottilie. Roman. st 2999. 392 Seiten

Marguerite Duras. Der Liebhaber. Übersetzt von Ilma Rakusa. st 1629. 194 Seiten

Karin Duve. Keine Ahnung. Erzählungen. st 3035. 167 Seiten

Tristan Egolf. Monument für John Kaltenbrunner. Roman. Übersetzt von Frank Heibert. st 3382. 528 Seiten

Hans Magnus Enzensberger
- Ach Europa! Wahrnehmungen aus sieben Ländern. Mit einem Epilog aus dem Jahre 2006. st 1690. 501 Seiten
- Gedichte. Verteidigung der Wölfe. Landessprache. Blindenschrift. Die Furie des Verschwindes. Zukunftsmusik. Kiosk. Sechs Bände in Kassette. st 3067. 633 Seiten

Hans Magnus Enzensberger (Hg.). Museum der modernen Poesie. st 3446. 850 Seiten

Laura Esquivel. Bittersüße Schokolade. Mexikanischer Roman um Liebe, Kochrezepte und bewährte Hausmittel. Übersetzt von Petra Strien. st 2391. 278 Seiten

Max Frisch
- Andorra. Stück in zwölf Bildern. st 277. 127 Seiten
- Biedermann und die Brandstifter. Ein Lehrstück ohne Lehre. st 2545. 95 Seiten
- Homo faber. Ein Bericht. st 354. 203 Seiten
- Mein Name sei Gantenbein. Roman. st 286. 288 Seiten
- Montauk. Eine Erzählung. st 700. 207 Seiten
- Stiller. Roman. st 105. 438 Seiten

Norbert Gstrein. Die englischen Jahre. Roman.
st 3274. 392 Seiten.

Fattaneh Haj Seyed Javadi. Der Morgen der Trunkenheit.
Roman. Übersetzt von Susanne Baghstani. st 3399. 416 Seiten

Peter Handke
- Die drei Versuche. Versuch über die Müdigkeit. Versuch über die Jukebox. Versuch über den geglückten Tag. st 3288. 304 Seiten
- Kindergeschichte. st 3435. 110 Seiten
- Der kurze Brief zum langen Abschied. st 172. 195 Seiten
- Die linkshändige Frau. Erzählung. st 3434. 130 Seiten
- Mein Jahr in der Niemandsbucht. Ein Märchen aus den neuen Zeiten. st 3084. 632 Seiten
- Wunschloses Unglück. Erzählung. st 146. 105 Seiten

Christoph Hein
- Der fremde Freund. Drachenblut. Novelle. st 3476. 176 Seiten
- Horns Ende. Roman. st 3479. 320 Seiten
- Willenbrock. Roman. st 3296. 320 Seiten

Marie Hermanson. Muschelstrand. Roman. Übersetzt von
Regine Elsässer. st 3390. 304 Seiten

Hermann Hesse
- Demian. Die Geschichte von Emil Sinclairs Jugend. st 206. 200 Seiten
- Das Glasperlenspiel. Versuch einer Lebensbeschreibung des Magister Ludi Josef Knecht samt Knechts hinterlassenen Schriften. st 2572. 616 Seiten
- Siddhartha. Eine indische Dichtung. st 182. 136 Seiten
- Unterm Rad. Erzählung. st 52. 166 Seiten

Ödön von Horváth
- Geschichten aus dem Wiener Wald. st 2370. 246 Seiten
- Glaube, Liebe, Hoffnung. st 2372. 158 Seiten
- Jugend ohne Gott. st 3345. 182 Seiten

Bohumil Hrabal. Ich habe den englischen König bedient. Roman. Übersetzt von Karl-Heinz Jähn. st 1754. 301 Seiten

Uwe Johnson
- Jahrestage. Aus dem Leben der Gesine Cresspahl. Einbändige Ausgabe. st 3220. 1728 Seiten
- Mutmassungen über Jakob. st 3128. 308 Seiten

James Joyce
- Dubliner. Übersetzt von Dieter E. Zimmer. st 2454. 228 Seiten
- Ulysses. Roman. Übersetzt von Hans Wollschläger. st 2551. 988 Seiten

Franz Kafka
- Amerika. Roman. st 2654. 311 Seiten
- Der Prozeß. Roman. st 2837. 282 Seiten
- Das Schloß. Roman. st 2565. 424 Seiten

André Kaminski. Nächstes Jahr in Jerusalem. Roman. st 1519. 392 Seiten

Bodo Kirchhoff. Infanta. Roman. st 1872. 502 Seiten

Wolfgang Koeppen
- Tauben im Gras. Roman. st 601. 210 Seiten
- Der Tod in Rom. Roman. st 241. 187 Seiten
- Das Treibhaus. Roman. st 78. 190 Seiten

Else Lasker-Schüler. Gedichte 1902-1943. st 2790. 439 Seiten

Gert Ledig. Vergeltung. Roman. Mit einem Nachwort von Volker Hage. st 3241. 224 Seiten

Stanisław Lem
- Der futurologische Kongreß. Übersetzt von I. Zimmermann-Göllheim. st 534. 139 Seiten
- Sterntagebücher. Mit Zeichnungen des Autors. Übersetzt von Caesar Rymarowicz. st 459. 478 Seiten

Hermann Lenz. Vergangene Gegenwart. Die Eugen-Rapp-Romane. Neun Bände in Kassette. 3000 Seiten

H. P. Lovecraft. Cthulhu. Geistergeschichten. Übersetzt von H. C. Artmann. Vorwort von Giorgio Manganelli. st 29. 239 Seiten

Amin Maalouf
- Leo Africanus. Der Sklave des Papstes. Roman. Übersetzt von Bettina Klingler und Nicola Volland. st 3121. 480 Seiten
- Samarkand. Roman. Übersetzt von Widulind Clerc-Erle. st 3190. 384 Seiten

Andreas Maier. Wäldchestag. Roman. st 3381. 315 Seiten

Angeles Mastretta. Emilia. Roman. Übersetzt von Petra Strien. st 3062. 413 Seiten

Robert Menasse
- Schubumkehr. Roman. st 2694. 180 Seiten
- Selige Zeiten, brüchige Welt. Roman. st 2312. 374 Seiten
- Sinnliche Gewißheit. Roman. st 2688. 329 Seiten

Eduardo Mendoza. Die Stadt der Wunder. Roman. Übersetzt von Peter Schwaar. st 2142. 503 Seiten

Alice Miller
- Am Anfang war Erziehung. st 951. 322 Seiten
- Das Drama des begabten Kindes und die Suche nach dem wahren Selbst. st 950. 175 Seiten

Magnus Mills. Die Herren der Zäune. Roman. Übersetzt von Katharina Böhmer. st 3383. 216 Seiten

Haruki Murakami. Wilde Schafsjagd. Roman. Übersetzt von Anneliese Ortmanns-Suruki und Jürgen Stalph. st 2738. 306 Seiten

Adolf Muschg
- Der Rote Ritter. Eine Geschichte von Parzivâl. st 2581. 1089 Seiten
- Sutters Glück. Roman. st 3442. 336 Seiten

Cees Nooteboom
- Allerseelen. Übersetzt von Helga van Beuningen. st 3163. 440 Seiten
- Die folgende Geschichte. Übersetzt von Helga van Beuningen. st 2500. 148 Seiten
- Rituale. Roman. Übersetzt von Hans Herrfurth. st 2446. 231 Seiten

Kenzaburô Ôe. Eine persönliche Erfahrung. Roman. Übersetzt von Siegfried Schaarschmidt. st 1842. 240 Seiten

Sylvia Plath. Die Glasglocke. Übersetzt von Reinhard Kaiser. st 2854. 262 Seiten

Ulrich Plenzdorf. Die neuen Leiden des jungen W. st 300. 140 Seiten

Marcel Proust. Auf der Suche nach der verlorenen Zeit. Übersetzt von Eva Rechel-Mertens. Drei Bände in Kassette. st 3209. 4195 Seiten

João Ubaldo Ribeiro. Brasilien, Brasilien. Roman. Übersetzt von Curt Meyer-Clason und Jacob Deutsch. st 3098. 731 Seiten

Patrick Roth. Meine Reise zu Chaplin. Ein Encore. st 3439. 98 Seiten

Ralf Rothmann
- Flieh, mein Freund! Roman. st 3112. 278 Seiten
- Milch und Kohle. Roman. st 3309. 224 Seiten

Jorge Semprun. Was für ein schöner Sonntag! Übersetzt von Johannes Piron. st 3032. 394 Seiten

Arnold Stadler. Mein Hund, meine Sau, mein Leben. Roman. Mit einem Nachwort von Martin Walser. st 2575. 164 Seiten

Andrzej Stasiuk. Die Welt hinter Dukla. Roman. Übersetzt von Olaf Kühl. st 3391. 175 Seiten

Jürgen Teipel. Verschwende Deine Jugend. Ein Doku-Roman. Über den deutschen Punk und New Wave. Vorwort von Jan Müller. Mit zahlreichen Abbildungen. st 3271. 336 Seiten

Hans-Ulrich Treichel
- Tristanakkord. Roman. st 3303. 238 Seiten
- Der Verlorene. Erzählung. st 3061. 175 Seiten

Galsan Tschinag
- Der blaue Himmel. Roman. st 2720. 178 Seiten
- Die graue Erde. Roman. st 3196. 288 Seiten
- Der weiße Berg. Roman. st 3378. 290 Seiten

Mario Vargas Llosa
- Das Fest des Ziegenbocks. Roman. Übersetzt von Elke Wehr. st 3427. 540 Seiten
- Das grüne Haus. Roman. Übersetzt von Wolfgang A. Luchting. st 342. 429 Seiten
- Der Krieg am Ende der Welt. Roman. Übersetzt von Anneliese Botond. st 1343. 725 Seiten
- Tante Julia un der Kunstschreiber. Roman. Übersetzt von Heidrun Adler. st 1529. 392 Seiten
- Tod in den Anden. Roman. Übersetzt von Elke Wehr. st 2774. 384 Seiten

Martin Walser
- Brandung. Roman. st 1374. 319 Seiten
- Ehen in Philippsburg. 1209. st 1209. 343 Seiten
- Ein fliehendes Pferd. Novelle. st 600. 151 Seiten
- Halbzeit. Roman. st 2657. 778 Seiten
- Ein springender Brunnen. Roman. st 3100. 416 Seiten
- Seelenarbeit. Roman. st 3361. 300 Seiten

Robert Walser
- Der Gehülfe. Roman. st 1110. 316 Seiten
- Geschwister Tanner. Roman. st 1109. 381 Seiten
- Jakob von Gunten. Ein Tagebuch. st 1111. 184 Seiten